부부는
아픔으로 크는
나무

부부는 아픔으로 크는 나무

초판발행 1986년 9월 20일
중판발행 2021년 7월 15일

지은이 | 미우라 아야코
옮긴이 | 김지숙
펴낸이 | 홍철부

펴낸곳 | 문지사
등록번호 | 제25100-2002-000038호
주소 | 서울특별시 은평구 갈현로 312
전화 | 02) 386-8451/2
팩스 | 02) 386-8453

ISBN 978-89-8308-565-8 (03830)

값 14,500원

부부는
아픔으로 크는
나무

미우라 아야코

문지사

차례

제4부

부부는 아픔으로
크는 나무

제5부

부부의 계절

프롤로그

이 책을
시작하면서

프롤로그 _

이 책을
시작하면서

남편인 미우라 미츠요三浦光世みうらみつよ가 많고 많은
여성들 중 결혼상대로 선택한 사람이 나였다는 것을 생각하면
믿기 어려울 정도로 이상하기만 하다.

여성들에게 결혼 상대를 찾는 필수조건이 있는 것처럼 남성들
에게도 장차 아내가 될 여성에 대한 선망이 있게 마련이다.

'얼굴이 반달같이 둥글고 명랑한 성격의 여자.'

'음식 솜씨가 남달리 뛰어나고, 마음씨가 고운 여자.'

등등. 어쨌든 스무 살이 되기 전 사춘기 때부터 각자 나름대로
여성에 대한 꿈을 갖게 마련이다. 무엇보다도 여성이 '건강할
것'은 특별히 조건으로 거론할 필요조차 없는 당연한 것이다.

'상대는 여성'이어야 한다는 필수조건과 다름없다.

　마찬가지로 적어도 자신과 같은 젊은 상대라야 한다는 것 또한 같은 조건일 것이다.

　만일 당신의 오빠나 남동생이 다음과 같은 사람과 결혼하겠다면 당신은 뭐라 하겠는가?

　"그 여자는 폐결핵과 척추 카리에스로 8년 동안 누워있었어요. 지금도 절대 안정해야 하므로 여전히 깁스를 한 채 병실에 누워있으며 가끔 각혈도 합니다. 여자의 나이는 서른세 살로 나보다 두 살 위이며, 그다지 미인도 아닙니다. 그녀의 애인은 죽었고, 침대 머리맡에는 그 남자의 사진과 유골을 모셔놓고 있습니다. 병이 언제 나을지 알 수 없지만, 나는 그녀가 완쾌되기를 기다리고 있습니다. 만일 그녀가 낫지 않으면 나도 결혼하지 않겠습니다."

　너무 악조건이라서 그의 가족들은,

　"그런 바보 같은 소리 하지 마라."

하며 설득하려 들 것이 뻔하다. 물론 당사자인 내 입장에서도 맹렬히 반대할 것이 틀림없다.

　이처럼 바보 같은 짓을 한 사람이 지금 내 곁에 있는 미우라 미츠요이다.

그는 정직한 공무원으로 누가 보아도 미남임에 틀림없다. 최근 우리 교회의 회지에 한 여자 교우가 그를 칭찬하는 다음과 같은 글을 올렸다.

부드러운 말씨, 온순한 마음, 센스도 뛰어난 멋쟁이 젊은 아저씨. 청년회 여성들은 한결같이 '우리 그이도 저 나이가 되면, 저렇게 멋지게 될까요.'하고 한숨을 쉬고 있습니다.

인사말이긴 하지만, 젊은 여성이 이렇게 쓸 정도라면 관심 둔 여성이 없어서 병상에 누워만 있는 여자를 기다렸던 것은 아닐 터이다. 여러 여성의 관심을 모으기도 했고 혼담도 오갔다.

그러나 미우라는 이런 관심이나 혼담을 일절 받아들이지 않고, 8년 동안 오로지 나만 한결같이 기다렸던 것이다.

더구나 나는 젊을 적부터 남자 친구도 여럿 있었다. 그가 처음 나를 찾아왔을 때도 몇 사람의 젊은이들이 번갈아가며 내 병실을 찾아오는 모습을 보았다. 게다가 나는 아름답지도 못하고, 상냥하지도 못한 병실에 갇힌 여자였다.

도대체 이런 나를,

'과연 기다릴 만한 값어치가 어디에 있었을까?'

하고 생각하지 않을 수 없었다.

사실 미우라 미츠요는 훗날 내가 죽은 연인을 생각하며 지은 만가挽歌에 마음이 아팠다고 말했다.

나를 아내로 생각하거든
나를 끌어안아다오, 그대여.
그대여, 어서 돌아오라
저 하늘나라에서

그는 이렇게 매주 한 차례 일요일마다 나를 문병했고, 변함없이 격려해 주었다. 그 결과 나는 5년 만에 어렵게 건강을 되찾을 수 있었다.

이렇게 헌신적으로 기다린 결과 결실을 본 셈이다. 7년이나 8년이 걸렸어도, 아니 내가 생명을 유지하고 있는 한, 그는 틀림없이 기다렸을 것이라 욕심껏 생각을 키워본다. 그는 그런 사람이었다.

마침내 그가 서른다섯, 내가 서른일곱 되던 해 5월 24일, 우리는 작은 교회에서 많은 이들의 축복을 받으며 결혼식을 올렸다.

120명가량의 교우와 하객이 모여 회비 100엔円으로 차와 케이크를 마련하여 축하해 주었다. 간소하기 이를 데 없는 결혼식이었지만, 정성이 깃든 감동적인 피로연이 되었다. 전날까지도 열에 시달리던 나는 신혼여행도 가지 못하고, 창고를 개조한 한 칸짜리 방에서 드디어 신혼생활을 시작했다.

결혼에 필요한 것이 과연 무엇일까? 지금 나는 지나온 나의 결혼생활을 돌아보며 곰곰이 생각해본다. 사랑을 받기에 합당한 무엇 하나 갖지 못했던 나를 한결같이 기다려 준 미우라의 마음은 단순한 남녀 간의 사랑은 아니다.

참된 사랑이란 사랑하기에 사랑하는 것이 아니라, 어느 누구도 관심 없는 무가치한 사람을 진심으로 사랑하는 것이 아닐까?

지난날의 추억이 된 여러 연애사, 끊임없는 투병 생활, 인간적인 나약함, 이런 모든 것을 이해하고 용납한 미우라의 사랑이야말로 참사랑이리라.

한 남자와 한 여자가 만나 결혼하는 것은 그 사람의 과거와 미래까지 용서하고 용납할 각오가 없으면 이루어질 수 없는 인연이라고 마음속 깊이 통감하며 그와의 결혼을 결심했다. 그러나 그의 헌신적인 사랑에 보답하는 좋은 아내가 되지 못한 부족한 점을, 독자 여러분은 이 책을 읽어가면서 알게 될 것이다.

무엇보다도 책으로 엮어 출간된 후 독자들로부터 '이 글을 읽고 아내의 태도가 달라졌다. 무관심하던 남편이 변했다'는 편지나 '늘 바가지만 긁는 아내에게 주고 싶다', '시집가는 딸에게 주고 싶다'는 등의 편지를 수없이 받았다.

한편 이 책의 출판에 많은 노력을 기울여주신 고단샤講談社의 카토오 가츠히사加藤勝久 씨, 아사카와 미나토淺川港, 후지이 카즈코藤井和子 씨에게 심심한 감사를 드린다.

미우라 아야코三浦綾子 씀

제1부

우리의 결혼

하늘에서
내려다보고 있다면

미우라 미츠요三浦光世와의 첫 만남은 쇼와昭和しょうわ
30년(1955년) 6월 18일로 기억한다.

유난히 맑은 아침, 뜰 안에 장미 한 송이가 활짝 피어 무언가
좋은 일이 있을 것 같은 화창한 날이었다. 장미 이파리 사이로
초록빛 바람이 흘러 다녔다.

그때 나는 요양을 시작한 지 8년째로 접어들어 깁스를 하고
침대에 가만히 누워있는 미이라 같은 신세였다.

미우라는 기독교 교지 《무화과》의 회원이었다. 내가 살던 아
사히카와旭川あさひかわ에서 《무화과》지의 회원은 그와 나,
둘뿐이었다. 《무화과》지를 발행하는 삿포로의 스가와라 유타

카菅原豊すがわらゆたか 선생이 미우라에게 특별히 나를 문병해주었으면 고맙겠다는 엽서를 띄웠다.

미우라는 며칠 고심하다가 나를 찾아왔다. 당시 아사히카와 영림서營林署에 근무하던 미우라와 게이메이 초등학교 선생으로 있던 나는 출근길에 몇 번 부딪치지 않았을까 하는 생각이 들었다.

왜냐하면 그가 근무하던 영림서는 우리 집에서 그리 멀지 않은 곳에 위치해 있었고, 그는 우리 집 앞을 거의 매일 오갔을 것이기 때문이다.

나는 7시 30분까지 출근해야 했고, 미우라는 8시까지 출근하면 되었다. 내가 근무하던 초등학교는 5리[1]가 조금 더 되는 거리였기 때문에 비교적 이른 아침인 7시에는 집을 나서야 했다.

결혼 후에 안 사실이지만 미우라가 우리 집 앞을 지나는 시각은 매일 아침 8시 10분 전쯤이었다고 한다. 만일 두 사람이 같은 시각에 출근했다면 동쪽으로 가는 나와 서쪽으로 가는 미우라는 틀림없이 서로 마주쳤을 텐데, 출근시간이 달랐기에 같은 길을 오가면서도 한 번도 만난 적이 없는 기적을 연출한 것이다.

하늘나라에 계시는 하나님께서 우리가 다니는 쿠죠오 도오리

---

[1] 1리는 0.4㎞, 5리는 2㎞

九条通くじょうどおり를 매일 내려다보고 계셨다면 어떤 생각을 하셨을까?

내가 지나간 다음, 십여 분이 지나 미우라가 통근하는 것을 보시고 빙그레 미소 지으셨을지도 모르는 일이다.

"저 두 사람은 훗날 부부가 될 터인데, 가엾게도 아직은 서로를 모른 채 더 기다려야겠는걸."

미우라가 우리 집 앞을 무심히 지나가는 모습을 하나님께서는 무엇보다도 의미심장하게 바라보셨을 지도 모른다.

우리 두 사람의 인연이 무심하지 않았는지, 난 부모님의 뜻에 따라 쇼와 25년(1950년) 여름, 신아사히카와新旭川しんあさひかわ에 계신 작은아버님 댁 2층 방을 빌려서 생활하고 있었다.

그런데 미우라도 이곳 신아사히카와에 살고 있어 작은아버님 댁 앞을 그 역시 아침저녁으로 늘 오갔다.

그 무렵 나는 요양 중이었지만 건강이 조금 회복되어 틈틈이 작은아버님 댁 근방을 산책하곤 했다.

"쇼와 25년 여름쯤이었지, 아마. 두 번인가 긴 스커트를 입은 눈이 큰 인상적인 여성을 본 적이 있어. 아직도 마음에 무언가 남아있는데, 그게 아야코였지 싶군."

미우라는 결혼하고 나서도 곧잘 그런 얘기를 했다. 분명 나는 그때 긴 스커트를 즐겨 입었다.

그 무렵이라면 아침저녁으로 작은아버님 댁 앞을 지나던 미우라와 한두 차례 마주쳤을 듯하다.

만약 우리의 일생을 하나님께서 비디오로 녹화하셨다면, 그 테이프를 빌려서 영사해보았으면 좋겠다는 엉뚱한 생각도 해본다.

그러면 장래 결혼할 두 사람이 영화관 입구에서 서로 모른 채 스쳐가기도 하고, 우연히 같은 열차에 타기도 하고, 식당 바로 옆자리에 앉아 식사를 했을지도 모른다.

미우라가 말했던 그 인상적인 여성도 영사해보면 내가 아니라 전혀 모르는 다른 여자일지도 모른다.

미우라가 인상적인 여성에게 힐긋힐긋 시선을 주고 지나가면, 여인이 뒤돌아서서 바라보는 모습이 보일지도 모른다.

내가 그런 그의 모습을 창문으로 내다보며 빙그레 미소 지었을지도 모르는 일이다.

우리의 옛 모습이 세세한 부분까지 또렷하게 녹화되어 있어, 몇 년 몇 월 며칠경의 모습을 보고 싶을 때 영사해볼 수 있다면 얼마나 재미있는 추억으로 기억될까?

제일 크고 편리한 혜택을 받는 사람은 재판관일지도 모른다.

재판관이 하나님께,

"아무개의 몇 년 몇 월 며칠의 녹화필름을 빌려주십시오."
하고 청원한다.

그러면 하나님께서는 그 필름을 즉시 빌려주신다. 틀림없이
이 사람이 범인이라고 생각했는데, 그 시간 그는 어떤 부인과
호텔에서 재미를 보던 알리바이가 있었음이 판명된다. 알리바이
가 애매했기 때문이다.

이렇게 되면 몬테크리스토 백작과 같은 가혹한 운명은 없을
것이며, 테이긴 사건帝銀事件ていぎんじけん[2]이나, 마츠카와
사건松川事件まつかわじけん[3], 그밖에 여러 가지 납득하기 어
려운 사건도 명확히 해결될 것이다.

하지만 부부간의 일이라면 곤란할지도 모른다.

결혼할 상대의 녹화 테이프를 보았더니, 혼잡한 전철 안에서
여자에게 몹쓸 짓을 한다든가, 길에서 주운 천 엔짜리 지폐를
슬쩍 주머니에 넣고 모르는 체 한다든가, 부모님과 싸운다든가,
남자 친구와 키스하는 장면이 나오면 어떡하나?

---

2) 1948년 1월 도쿄東京とうきょう 토시마豊島としま구의 테이긴은행 시이나
마지椎名町しいなまち 지점에 나타난 남자가, 전염병 예방을 위해서라며 청
산가리 용액을 마시게 해서 12명을 독살하고, 현금 등을 탈취한 사건
3) 1949년 8일 17일 마츠카와 역 부근에서 일어난 열차 전복사고

인간은 모두 똑같은 존재다. 아무리 천하에 부끄러움이 없는 고고한 인간이라 자부해도, 마음속 치부까지 녹화된다면, 결국 사람들 앞에 자신의 모습을 적나라하게 드러내지 않을 수 없지 않겠는가.

아무리 진실하고 정직한 얼굴을 하고 있어도 그 마음속에는 색정도 있고 질투심도 있다. 또 미움이 있는가 하면, 분노도 있다. 녹화영상은 사실 그대로를 비출 것이다.

더구나 하늘에서 한 녹화라면 자신이 미처 알지 못했던 마음의 움직임까지 선명하게 비춰질 것이다. 정말 하늘에서 녹화한다면, 이렇게 편리한 일이 또 어디에 있겠는가?

그러나 결과적으로는 예측할 수 없는 곤란을 초래하고 불편하기 이를 데 없는 생활을 해야 할 것이다.

사랑이 주는 선물
신혼여행

결혼 당시, 나는 서른일곱, 그는 서른다섯, 1959년 5월이었다. 미우라는 병중에 있던 나를 5년 동안 진중하게 기다렸다.

결혼식을 열흘 앞두고 나는 38도의 고열로 신음했다. 결혼 전날까지도 열은 내리지 않았다.

물론 신혼여행은 갈 엄두조차도 내지 못했다. 이미 정해진 결혼식마저 올릴 수 있을지 어떨지 염려할 정도였다.

결혼 당일이 되어서야 겨우 열이 정상체온으로 내려갔고, 결혼식만은 그런대로 무사히 치를 수 있었다. 하나님의 축복이자 은혜다.

신혼 여행길에 오른 것은 결혼한 지 4개월이나 지난 9월 중순

경이었다.

미우라가 아사히카와에서 한 시간 반 정도 떨어진 소운쿄層雲峽そううんききょう4)에 출장을 갔다. 그 출장의 마지막 날, 나는 소운쿄까지 마중을 나갔다.

그런 나를 카미카와上川かみかわ 역까지 미우라가 마중을 왔다. 맑게 갠 초가을 날이었다.

카미카와 역 플랫폼 가장자리에 마가목 열매가 빨갛게 물들어 있던 것을 기억한다. 카미카와 역에서 소운쿄까지 가는 40분 거리를 우리는 시골 버스 안에서 손을 꼭 붙잡고 있었다.

"야아, 아름답구나. 저기, 저 가늘고 긴 건 뭐예요?"

"아, 저건 속새라고 하지."

조금 더 달려가다가 나는 또다시 소리를 질렀다.

"저어기, 이파리가 넓은 건 뭐지요?"

"으응, 그건 감제풀이야."

"아앗, 저건 또 뭐예요?"

"저건 말이야, 아야코. 잡초들이 쭉쭉 자라고 있는 거라구."

미우라는 처음으로 나와 함께 여행길에 올랐고, 버스 안에서 연거푸 기성을 지르는 나를 얼마나 부끄럽게 여겼을지…. 하지

---

4) 홋카이도 가미카와조

만 나는 정신없이 보는 곳마다,

"아아, 미칠 것 같아요. 어쩜 저토록 아름다울 수 있을까?"
하고 울부짖듯 소리쳤다.

13년 동안 병상에 누워만 있던 나에게는 보이는 것 모두가
너무나 신비롭고 놀라워 그 감회를 제대로 표현할 수 없었다.
이러한 정황을 알고 있는 그는, 단풍이 아름답다며 소리 지르고,
시냇물이 마치 얼음이 녹은 것 같다며 눈물 흘리고, 버스 유리창
에 아카시아 가지가 스치고 지나간다며 아이들보다 더 기뻐하며
들뜬 나를 한마디도 탓하지 않았다.

숙소는 영림서에 딸린 보양소였다. 조용한 방으로 안내 받고
우리는 먼저 무릎을 꿇고 기도부터 드렸다.

"하늘에 계신 하나님 아버지, 아야코가 요양하고 있는 동안
저는 여러 차례 이곳에 출장을 왔습니다. 그리고 출장 올 때마다
언젠가는 아야코와 함께 오게 되기를 기원하곤 했는데, 이제 그
소원을 들어주셨음을 진심으로 감사드립니다."

미우라가 드리는 기도를 들으며 나도 모르게 눈물이 흘렀다.

미우라가 나를 처음 알았을 즈음, 나는 깁스를 하고 침대에
누워만 있던 가망 없는 환자였다. 그는 나을 희망조차 보이지
않던 나를 기다려주었고 결혼까지 했다.

미우라는 어딜 가든 내 사진을 가지고 다녔다. 몇 년 전인가, 소운쿄에 출장 갔을 때도 사진 속의 나에게 차창 밖을 보여주면서,

"아야코, 빨리 나아서 둘이서 여기 오자구."

하고 말해주었다는 편지를 받은 적도 있다. 그런 일들을 생각하면서 나는 숙소의 창문에 기대어 섰다.

창밖의 느릅나무에 떨어질 듯 떨어지지 않는 병든 잎 하나가 아치랍게 붙어있다. 바람이 불지 않는데도 팔랑팔랑 흔들리는 그 이파리를 나는 절망하면서 말없이 바라보고 있었다.

바람도 잠든 석양 무렵
숙소 창틀에 몸을 기대고
느릅나무 바라보는 아내여

미우라의 이 노래는 단가잡지 《아라라기アララギ5)》에 입선

---

5) 단가잡지短歌雜誌. 1908년 와라비신이치로蕨真一郎わらびしんいちろう가 「아라라기阿羅々木」로 창간. 이듬해인 1909년 「아라라기アララギ」로 잡지명을 바꾸고, 이토사치오伊藤左千夫いとうさちお를 중심으로 편집, 코이즈미치카시古泉千樫こいずみちかし, 사이토모키치斎藤茂吉さいとうもきち, 시마키아카히코島木赤彦しまきあかひこ, 츠치야분메이土屋文明つちやぶんめい 등이 참가. 만요万葉まんよう 풍의 사생을 중시하는 가풍으로, 근대 단가의 발전에 공헌했다. 1997년 발간.

되어 실렸다.

두 사람은 밖으로 나와 잠시 산책을 했다. 소운쿄의 단풍은 아직 좀 일렀으나 쿠로다케黑岳くろだけ의 단풍을 바라보며 나는 또다시 '어머나, 아름답다, 아름다워.' 하는 탄성을 연발했다.

이 치매환자 같은 나에게 미우라는 짜증 한 번 내지 않고 일일이 맞장구쳐주었다. 이곳에 온 기념으로 돌멩이를 주워 모으고, 쿠로다케를 배경으로 오래 간직할 사진까지 찍었다.

다음 날 관광버스로 소운쿄 계곡까지 갔다. 우리는 어제처럼 손을 꼭 붙잡고 앉았다. 파도처럼 덮칠 듯 밀려오는 백 수십 미터나 되는 암벽의 아찔한 아름다움에 나는 격렬하게 감동했다.

소운쿄의 모든 절벽이 하나님께서 깎아 세운 것 같았다.

그 장엄한 정경을 보고 아사히카와로 돌아온 순간, 아무리 높은 고층빌딩도 웅장한 맛이 없고 빈약하게 보이고 느껴졌다.

미우라도 단가를 짓는 사람으로 나보다 훨씬 뛰어난 감수성을 지니고 있기 때문에, 우리의 신혼여행은 서로 크게 공감하며 부부로서의 즐거움을 만끽했다. 나는 아름다운 자연에 도취하고 감동하여 미우라에게 입맞춤하고 싶은 마음이 강렬했다.

요즘도 9월이면 뒤늦게 떠난 신혼여행을 회상하며 이야기꽃을 피우곤 한다. 그 이야기꽃은 우리 부부에게 사랑의 향기에

취하게 해주었다.

미우라는 이런 말도 했다.

"요즘 밀월여행이 인기인 모양인데, 그건 월급을 가불하는 것과 같아. 몇 달이나 늦게 떠났던 우리의 신혼여행이야말로 생각지 않은 보너스를 탄 것 같은 기쁨이 있었지. 안 그래?"

그 후부터 우리는 여행을 자주 떠났다. 무엇에나 감동하여 기분이 좋고 상쾌하긴 했다. 그러나 마흔을 훌쩍 넘긴 우리가 아직도 신혼여행으로 착각하고 여관에 들어가는 게 겸연쩍게 느껴졌던 일도 있었다.

아마 앞으로도 우리의 신혼(?)여행은 여러 차례 있으리라.

결혼은
인생의 나루터

 미우라와 결혼할 때, 나의 사촌 누이동생은 어느 날,

"미우라 씨처럼 진실한 분과 결혼하면 도덕 선생님하고 사는 것 같아 따분하시겠어요."

라고 말했다.

그리고 숙모까지 가세했다.

"아야코, 넌 예수님과 결혼하는 것 같아, 무척 거북하겠구나."

미우라의 형도 거들었다.

"너희처럼 진실한 사람끼리 결혼하면, 항상 바르게 앉아 마주 보고 있을 테니 초상집처럼 조용하겠다."

이런 이야기들을 들으며 우리는 결혼했다.

나도 미우라를 조용하고 진실한 사람이라 생각했지만, 5년간의 교제로 미루어보아, 어색하고 거북한 사람이라는 생각은 들지 않았다. 결혼해보니 미우라는 참 유머스러웠다.

먼저, 흉내를 잘 낸다.

"미우라 씨, 요즈음 부인 건강은 어떠십니까? 소중하게 여기고 아껴주세요."

하고 직장동료 누가 이야기하더라고 미우라가 집에 와서 말한다.

직장동료 누가 그러더라고 말하지 않아도, 모사를 잘하기 때문에 금세 알아차릴 수 있다.

"여보, 또 남의 흉내를 내는군요. 그러면 안 돼요."

나는 기분이 좋아 이렇게 맞장구친다.

어느 날 교토京都きょうと에 계신 목사님으로부터 편지가 왔다. 그가 읽어준다.

"그곳은 다소 쌀쌀하지요. 두 분을 생각하면서 항상 기도드리고 있습니다."

여기까지 읽기만 해도 그 목사님의 육성이 들리는 듯하다. 정말 비슷하다.

언젠가 '에덴의 동쪽'이라는 영화를 보러 갔다. 그날 밤, 이불

속에서 그가 나를 가만히 바라보았다.

나는 그 얼굴을 본 순간 벌떡 일어났다. 제임스 딘이 슬픈 표정으로 나를 바라보고 있는 게 아닌가?

너무나 뛰어난 그의 모사가 그때는 기분이 좋지 않았다. 그러나 곧 깨달았다. 표정을 똑같이 흉내 낼 수 있다면, 그와 전혀 다른 사람일지라도 그 사람과 비슷해질 수 있다는 사실을 말이다.

이와 같이 때에 따라 이런 사람도 되고 저런 사람도 된다. 그리고 지인들의 이런저런 모습부터 그들의 음색이나 표정까지 그는 다양하게 흉내 낸다.

거울 앞에서 눈썹을 추켜올리기도 하고 입술을 꺾어 물고는,

"어때요. 난 악역도 할 수 있어."

하고 나를 쏘아본다. 그 모습은 미우라로 보이지 않고 악당으로 보이기 때문에 나는,

"아이, 무서워."

하고 소리 지르며 도망간다. 그러자 그는 순간 미우라의 얼굴로 되돌리고,

"무서울 거 없어. 정말 무서워 할 것 없어. 나는 미우라예요. 미안해요."

하고 어린아이 달래듯 부드럽게 말한다. 그렇게 부드러운 얼굴까지도 때로는 연기가 아닌가 의심이 들 정도다.

어느 때는 너무 진짜 같아서 내가 상처까지 입는 작은 소동도 있었다.

현관에서 이상한 소리가 나기에 황급히 나가보니, 꼭 닫힌 미닫이창에 졸대기 같은 사내가 두 손을 벌리고 바짝 달라붙어 있는 그림자가 어른거리고 있었다.

그건 미우라가 시립병원에 가는 버스를 타려고 나간 지 얼마 되지 않은 때였다.

갑자기 비가 내리기 시작했기 때문에 우산을 가지고 버스정류장으로 나가려던 나는 그 그림자에 놀라 창문에서 뛰어내렸다. 동시에 창 밑에 있는 돌에 부딪혀 무릎이 까지고 피가 흘렀다.

그러자 집 안에서 '아야코, 아야코'하고 부르는 미우라의 목소리가 들렸다. 도둑이라고 생각했던 그림자의 주인은 내가 사랑하는 남편이었던 것이다.

아무리 미닫이창에 비친 그림자라지만, 자기 남편을 잘못 볼 리는 없다. 그는 나를 놀라게 해주려고 장난한 것이었는데, 등을 약간 구부리고 게 발처럼 다리를 벌린 그 모습이 평소의 그와 달라도 그렇게 다를 수가 없었다.

그밖에 매일 주고받는 이야기도 수준 높은 만담을 듣는 것 같아 즐겁고, 유행가나 찬송가, 심지어 초등학생들이 부르는 동요와 가곡을 불러주기도 하고, 오목을 두기도 하는데, 이 모든 일이 즐겁고 기쁘기 한량없다.

그래서 하루에 몇 번이나 소리 높여 웃는지 나도 알 수 없다.

가령, 문을 닫은 방 안에서 나에게 키스할 때도,

"아아, 누가 보지 않을까?"

하는 천진한 마음으로 어찌나 진지하게 사방을 두리번거리는지. 그 모습이 마치 길 한가운데서 키스할 때 보이는 조심스러운 모습 같아서 나는 나도 모르게 깔깔 웃고 만다.

성서의 말씀까지도 그는 위트를 섞어 유머러스하게 대화하기 때문에 그 즐거움이란 여러분도 가히 짐작할 수 있을 것이다.

우리 두 사람이 결혼하여 8년이 지나도록 이렇게 즐거움 가운데서 살아가는데도 주위 사람들은 결혼식 때와 마찬가지로 무뚝뚝한 사람으로 보는 것 같다.

미우라의 친형님까지도 가끔 놀러 와서 몇 시간 동안 이야기하고 돌아갈 때는,

"제수씨, 미우라 같이 착실한 녀석과 함께 있다 보면, 숨이 막혀 해방되고 싶을 때가 있을 텐데요."

라고 말할 때가 있다.

수십 년이나 함께 살아온 친형인데도 동생의 참모습을 제대로 파악하지 못한 것 같다. 그러고 보면 부부라는 관계가 얼마나 친밀한 사이인가 곰곰이 생각하게 된다.

'아아, 나와 미우라는 부부 사이가 아닌가.'

나는 간절한 마음으로 미우라를 바라본다.

흔히 '말은 타 보아야 하고, 사람은 사귀어 보아야 안다.'고 하는데, 정말 그렇다.

만약 미우라를 무뚝뚝하고 너무 강직한 사람으로 보아 까닭 없이 싫어하고 결혼하지 않았더라면, 이토록 즐거운 생활은 없 었을 것 아닌가.

'진실하게 사는 사람은 시간도 함부로 낭비하지 않기 때문에 삶의 내용이 풍요롭다.'는 것이 처녀시절부터의 내 생활신조였 다. 그리고 이러한 사실을 미우라가 증명해준 셈이다.

우리 부부는
마이너스 인생

 맛있는 것은 아껴먹는 내 버릇

　가난하게 태어나서 그렇게 되었다네.

　단가지 《아라라기》의　츠치야분메이土屋文明つちやぶんめ
い 선選에 입선한 미우라의 단시이다.

　"나도 참 가난하게 자랐어요. 오빠들은 새벽 신문배달로 하루
를 시작하였고, 나도 초등학교 4학년 때부터 우유배달을 시작했
어요."

　"스키도 살 수 없었고 수학여행도 갈 수 없었지요."

　내가 이렇게 말하면,

"그래도 아야코는 쌀밥은 먹었지? 나는 설날과 봉盆ぼん6) 때 외에는 쌀밥을 먹을 수 없었어."

라고, 미우라는 뻐기듯 말했다.

우리는 가난하게 자라서 삶이 괴로웠다든가 슬펐다고 말하는 것이 아니다. 누가 더 가난하게 자랐나 견주며 뽐내려는 것이었다.

"저는 말예요, 오빠들이 입던 낡은 남자 오버를 뒤집어서 새로 만들어 입었다구요."

"그럼 아야코도 훌륭하군. 나도 어머님이 보내주신 여성용 헌 오버를 입고 다녔지. 누가 입다 버린 건지도 모르고."

순간, 여성용 헌 오버를 입고 눈길을 걸어가는 소년시절 미우라의 모습이 눈앞에 떠오른다. 남자 옷을 개조해 입던 내 오버보다 더 못한 것 같아 미우라가 불쌍하게 생각되었다. 가난했던 과거를 자랑삼아 뽐내려던 것도 잊고, 나는 연민과 애절한 마음으로 미우라를 바라보았다.

미우라는 세 살에 아버지를 여의었고, 피붙이 세 아이를 물려받은 그들의 어머니는, 아이들을 개척농가인 친척 집에 맡겨두

---

6) 우라봉에盂蘭盆会うらぼんえ의 약칭으로 음력 칠월 보름날에 행하는 불교행사

고, 돈을 벌기 위해 멀리 도회지로 나갔다.

더구나 미우라는 형들과는 다른 집에 맡겨졌다. 40년도 더 전의 일이다. 여자가 일할 수 있는 곳이 별로 없던 시절이었다. 미우라네 삼형제가 가난하게 성장하긴 했지만, 그것은 누구의 잘못도 아니었다.

내가 가난하게 자란 것도 아버지가 생활력이 없었기 때문만은 아니다. 아버지는 열이나 되는 아이들 외에도, 상당히 오랜 기간 두 가족을 지원했다.

소화昭和しょうわ 10년(1935년)경, 먼 친척이 돈 5엔을 빌리러 오자, 어머니는 기모노를 저당 잡히고 빌려주었던 일도 있다.

"정말 가난하게 자란 게 다행이었어."

미우라는 지금도 자신이 가난하게 살았어도 좋았다고, 그렇게 말하며 날마다 감사했다.

사실 가난은 고통스럽다. 어머니의 돈지갑을 열고 50엔짜리 은화 두세 개가 들어 있는 것을 확인하고는 겨우 안심하고 다시 뚝 소리가 나게 닫던 어린 시절을 회상해보면 퍽이나 다행스럽다는 생각이 든다.

한편 나는 부모님께 뭘 사달라고 한 번도 조르지 않고 자랐기 때문에, 그리고 내가 가난하여 다른 사람들의 가난을 조금은 이해할 수 있기 때문에 매일매일 행복하게 지낼 수 있었다.

과연 가난해도 행복할까.

"아무리 사이가 좋아도 두 사람이 한꺼번에 감기에 걸리다니."

우리 부부는 자주 베개를 나란히 하고 약속이나 한듯 함께 앓아 눕기 때문에 그런지도 모른다. 미우라는 아버지께 물려받은 유전병과 전염된 결핵으로 어렸을 적부터 몸이 쇠약했다. 게다가 열여덟 살 때에는 결국 한 쪽 신장을 들어냈고, 남은 한 쪽 신장도 그 후에 상당히 악화되어 스트렙토마이신을 치료약으로 처방받고 기적적으로 한 쪽 신장을 건질 수 있었기 때문에 병약한 몸으로 생존하는 환자와 같은 사람이다.

나도 13년이라는 긴 시간 동안 요양생활을 했다. 그러기 때문에 우리는 누가 하나 넘어지면 바로 다른 한 사람에게도 생활의 어려움이 따른다.

"만약 나 같은 게 건강했더라면, 어떤 인간이 되었을지 모를 거야."

미우라는 가끔 이런 말을 하기도 했다.

그건 결국 마시고, 부수고, 방탕한 3박자의 세계가 아닌, 교도소 출입이 잦은 몹쓸 인간이 되었을지도 모른다는 말이다.

병에 걸린 덕분에 기독교 신자가 되었고, 그래서 절망과 고통 속에서도 자신을 지킬 수 있었다고 미우라는 힘주어 말한다.

"나도 그랬을지 몰라요. 병에 걸리지 않고 일찍 결혼했더라면, 벌써 열 번 정도는 헤어졌거나, 사니 못 사니 하면서 처음 결혼했던 남자의 얼굴도 잊어버렸을지 몰라요. 바람기 있는 남자와 결혼했다면 질투심에 남편을 죽였을지도 모르죠?"

"하긴, 우리가 건강하였다면 교도소에서 만났을지도 모르지." 하면서 미우라는 웃었다. 그러나 그건 어설픈 농담이 아니라 진담에 가까웠다.

만일 건강했다면, 우리는 둘 다 자아가 강하고, 자신의 능력을 과신하여 거만하고, 제멋대로 살아갔을 터이므로 무슨 짓을 했을지 모른다. 내심 나는 두려움에 떨기까지 했다.

"육체가 건강하고, 진실하게 사는 사람은 참 훌륭해." 하고 미우라는 감탄한다.

만일 사람이, 병 한 번 앓지 않고 성장하면서, 학교 성적까지 우수하여 남에게 뒤져본 일이 없고, 경제적인 어려움을 전혀 모르고 일류학교에 들어가고, 일류회사에서 일하며, 단 한 번도 실연하지 않고, 다른 사람들보다 빨리 승진하여 사회적으로 출세했다면, 과연 어떨까?

선천적으로 겸손한 사람이 아닌 이상, 주위 사람을 무시하고 동정심이 없는 이해타산적인 인간이 되지 않을까?

어느 집에 걸린 문패의 이름이 열 번 정도 바뀌는 우스운 일이 있었다. 병약한 몸으로 고통 속에 사는 것은 이름이 나빠서 그렇다는 말을 듣고, 이것저것으로 바꿔보았던 것이다.

병은 분명 고통스럽다. 그 고통을 우리는 충분히 이해한다.

또 해마다 입시철이면 대학시험에 떨어져 자살하는 사건이 예외 없이 신문지상에서 보도되는 것도 아픔을 안은 병의 현상이다. 그렇다면 우리의 일생 중에 그와 같은 고통이나 슬픔이 생기지 않는 편이 나을까? 특히 결혼한 후 나는 종종 그런 생각을 해본다.

만약, 미우라만 가난과 병고를 겪고, 나는 아무런 고통이 없었다면, 우리 부부의 일상생활은 전혀 다른 모습이 아니겠는가?

마이너스로 보이는 삶의 체험이 우리를 성숙하게 하는 데 얼마나 큰 교훈이 되는지 아는가?

그 마이너스 체험이 종국에는 많은 플러스 요소로 작용하지 않을까?

결혼 전 어떤 깊은 고통을 체험하고 깨닫는 것은 학교에서는 배울 수 없는 커다란 인생 공부가 되고, 여기에서 얻는 것이 더 행복한 결혼을 위한 양식이 된다고 나는 확신한다.

　우리는 아픈 만큼 성숙한다는 삶의 진리를 깨닫지 않으면 안 된다.

나는
악처의 상징

나만큼 아내로서 부적격한 여자는 이 세상에 또 없으리라.

첫째, 나는 매사에 칠칠치 못하다. 외출에서 돌아오면 오버와 모자를 벗고 머플러를 풀지만, 이 세 가지를 제자리에 갖다놓은 적은 거의 없다.

모두 한 자리에 벗어놓았다면, 그것은 아주 훌륭한 편이다. 모자는 의자 위에, 오버는 2층 서재에, 머플러는 어디에 두었는지도 모른다.

어쨌든 집에 돌아오면, 조금이라도 빨리 미우라의 얼굴을 보고 싶어서 어디에 무엇을 놓았는지도 잊은 채 계단을 황급히 뛰어 올라간다. 그의 얼굴을 보면, 초등학생이 귀가하여 어머니에게 학교에서 있었던 이야기를 숨 가쁘게 재잘거리는 것처럼, 이러저러한 이야기가 줄줄 나온다. 또 기분이 좋으면 오버며 모자도 거침없이 벗어 던져버리고 어디서 벗었는지 어디에 두었는지조차 모르는 지경에 이른다. 나이 먹은 철부지다.

다음으로 나쁜 점은 지나칠 정도로 제멋대로 군다는 것이다. 칠칠치 못한 주제에 그래도 손만은 자주 씻는다. 나만 손을 씻으면 좋은데, 집에 있는 사람들에게까지 손 씻기를 강요한다.

"손을 씻으면 깨끗해지니 좋지 않느냐?"

라는 요구는 내 자신을 믿지 못하기 때문이다.

맹장지7)를 열면 곧 손을 씻고, 무심코 머리카락에 손이 닿아도 또 씻는다.

특히 식사 중에 젓가락과 밥공기 이외의 물건을 만지면 반드시 손을 씻는다. 그러한 하나하나를 집안사람들에게 강요하기 때문에 나 스스로도 어떻게 할 수가 없다.

더구나 씻은 손은 반드시 깨끗한 수건으로 닦고, 한 번 닦은 수건은 재차 사용해서는 안 된다는 편집광적인 사고방식을 갖고 있다.

이러하기를 하루 이틀로 끝내는 것이 아니라, 일 년 삼백육십

7) 후스마襖 : 광선을 막으려고 안과 밖을 두꺼운 종이로 바른 장지

오일 계속하기 때문에 나 스스로 생각해도 어처구니없지만 어쩔
수 없다.

생각은 그렇게 하면서도 그런 버릇을 고치려고 하지 않는다는
데 더 큰 문제가 있다는 것도 안다.

셋째로는 모든 사리를 무서울 정도로 분명하게 잘라 말한다.
매사에 너무 분명하게 선을 긋는 사람과 같이 사는 건 어쩐지
인정머리가 없는 것 같아 견디기 어렵지 싶다. 그렇게 생각은
하지만 분명하게 말해야 직성이 풀린다.

한번은 교회모임에서 이런 일이 있었다.

"교회 안에서 악담하지 맙시다."

이러한 발언은 지극히 당연한 것으로 그리 나쁜 일은 아니다.

그러나 나는 목소리도 크고 말끝도 분명하게 말했기 때문에,
교회에 처음 나왔던 남자분이 놀라서 다시는 나오지 않게 되었
다. 그 사람은 틀림없이 자기를 꾸짖는 것이라 생각했으리라.

이러한 일은 교우들과 이야기 나누다가 알게 된 사실이만, 아
무리 도량이 넓은 남자라도 간담이 서늘할 정도로 서슴지 않고
말을 하는 나의 태도에 놀랐을 것이다. 이런 태도는 아내로서
완전히 부적격이다.

넷째로 한심할 정도로 잘 잊어버린다는 점이다. 물건을 사러

가서도 돈은 지불하지 않고 물건을 가지고 나온다. 표정 하나 변하지 않는다.

그런가 하면, 돈을 지불하고 물건은 물론 거스름돈도 받지 않고 나오는데 덤으로 끼고 있던 장갑까지 계산대에 놓아두고 아무렇지도 않은 얼굴로 유유히 그곳을 떠난다.

"아주머니, 아주머니."

부르는 소리를 듣고 몇 번이나 웃었는지 모른다.

우산이나 시계, 장갑 따위를 잃어버린 경우는 헤아릴 수도 없다.

누군가에게 내 스웨터를 주었는데, 그 사람이 그 스웨터를 입고 오면,

"어머나, 좋은 스웨터네요."

하고 내가 칭찬한다. 그러자,

"당신이 준 스웨터잖아요?"

라는 말을 들을 때면 너무나 부끄러워 쥐구멍이라도 찾고 싶다.

자기가 늘 입던 스웨터의 색상이나 모양도 잊어버리고, 그것을 준 일마저도 기억하지 못하는 것은 중증 환자나 다름없다.

집에 있는 가정부에게도,

"월급 아직 안 받았지?"

"아주머니, 월급 두 번 주시면 더 좋지요."
하는 말을 듣고 얼른 지갑을 닫는다.

사람의 얼굴을 기억하지 못하는 것은 도저히 어떻게 해볼 수가 없다. 밤새도록 이야기를 나누고, 그로부터 일주일도 채 지나지 않아, 다시 만나 이야기를 나누면서도, '그런데 어디서 본 얼굴 같은데……'라고 생각하는 딱한 처지를 어찌하면 좋단 말인가?

다섯째로는 예절 바르지 못하다는 점이다. 그것은 요양생활이 길었기 때문만은 아니다. 생리적으로 바르게 앉아있을 수 없다는 게 더 큰 문제일 것이다. 금방 드러눕거나 다리를 뻗는데, 네댓 살쯤 된 장난꾸러기 남자아이들의 행동을 생각하면 얼추 비슷할 것이다.

여섯째로는 가사에 서툴다. 특히 재봉은 전혀 할 줄 모른다. 단추를 달려고 바늘을 쥐는 것만으로도 어깨가 뻐근해지기 때문에 결실을 기대할 수 없다. 어려서부터 늘 책만 읽는 나에게 어머니는 이렇게 말씀하셨다.

"아야코, 넌 좋은 색싯감 되기는 글렀다."

그러나 행인지 불행인지 내가 결혼할 무렵에는 전기밥솥과 자동세탁기가 보급되었기 때문에 큰 허물없이 지내왔다. 그래도 성적표에는 어김없이 '매우 잘함'이라고 평가받는 게 예사였다.

하나하나 예를 들어 열거하려면 한이 없다. 그러나 빠뜨릴 수 없는 것이 무엇보다도 중요한 조건인 건강이 나에게는 허락되지 않았다는 무서운 사실이다.

어쨌든 13년이라는 긴 시간 동안 요양생활을 해왔기 때문에, 조금만 무리하면 금방 지쳐 드러눕고 만다. 아내로서 이렇게 부적격한 사람은 이 세상에 나 말고는 없을 것이다.

혹 독자들 중에,

"나 같은 사람은…."

이라고 남자에게 말하고 싶다면 재빨리 여기를 펴서 읽도록 하라.

적어도 이러한 나보다는 아내로서 훨씬 좋은 조건을 갖추고 있다는 사실을 새삼 느끼게 될 것이다. 그리고 이렇게 말하라.

"이런 아내를 사랑하고, 또 만족하며 사이좋게 사는 남편도 있는데."

라고.

'네 보물이 있는 곳에
네 마음도 있다'

친구 중에 도쿄東京에서 대를 이어 전당포를 하는 이가 있다. 그 친구의 말을 빌면, 의외로 생활수준이 높은 댁 마님들이 전당포를 자주 드나든다는 것이다.

"어째서일까? 수준급의 생활을 하려면 교제비도 그만큼 들기 때문일까?"

나는 평범한 질문을 했다.

"아니야, 그렇지도 않아. 이웃집 마님이 나들이옷을 맞추면, 이쪽 마님도 지지 않으려고 옷을 맞추는 거야. 오메시御召おめ し8)를 맞추면, 또 지지 않으려고 오메시를 산다는 말인데, 처음

---

8) 털실로 만든 비단옷. 귀인들이 입었음, 오메시모노おめしもの의 줄임말로 입

에는 할부로 살 수 있겠다고 예상했던 금액이 가짓수가 많아지면 돈을 지불할 수 없게 되거든. 그래서 하는 수 없이 애써 산 기모노를 전당잡히는 거야. 그런 일이 되풀이되기도 하지."

"그래. 과연 그런 기모노라면 매력이 있을까?"

"그야, 기모노와 보석은 마님들이 보기에는 아무래도 제일 매력적인 보물 아니겠어. 너 같은 여자는, 아마 만 명 중에 한 사람 있을까 말까 할 걸."

그 친구는 싱글싱글 웃었다. 웃음을 당해도 어쩔 수 없는 일이다. 그밖에도 많지만, 특히 기모노에 관한 한 비아냥거림이나 비웃음을 당하는 경우는 얼마든지 있으니 변명할 여지는 없다.

이따금 오늘은 유카타浴衣ゆかた9)라도 입었으면 하는 생각을 하며 행동에 옮긴다.

그리고 슈퍼마켓이나 동네 시장에 장보러 가면, 왠지 모든 사람들이 내 얼굴만 보는 느낌이 든다. 나는 속으로 '아이쿠, 또 그러는구나!'하고 서둘러 집으로 돌아온다. 예상대로 유카타를 뒤집어 입고 엉뚱한 짓을 한 것이다.

지금까지 몇 번이나 이런 짓을 했는지 알 수도 없는데, 이상하

은 사람을 존경하여, 그 옷을 이르는 말.
9) 목욕한 뒤나 여름철에 입는 무명 홑옷

게도 유카타를 입을 때면 그런 일들을 깡그리 잊어버리는 것이다.

이게 끝이 아니다. 유카타를 뒤집어 입을 정도이니, 스웨터를 뒤집어 입거나 앞뒤를 바꿔 입는 일은 다반사다.

지금의 나는 기모노를 입는다든가, 스웨터를 입는다고 분명히 의식하고 입는 일은 거의 없다.

대체로 무의식중에 손에 걸리는 대로 몸에 걸치는 것이 반복된 습관이다. 그리고 머릿속은 전혀 다른 일을 생각하고 있다.

내가 무엇을 입고 있는지 의식하지 않기 때문에, 더운 여름날 예기치 않은 손님이 오기라도 하면, 한층 더 큰 실수를 저지른다.

"어서 오세요."

하고 해맑은 소리로 대답하고 나섰다가 블라우스를 입지 않았음을 뒤늦게 알아차리기도 하고, 어떤 경우는 스커트를 입지 않은 것을 발견하기도 하여 당황한다.

가끔 스커트의 파스너10)가 빠지는 경우가 있는데, 언젠가 택시 안에서 파스너가 빠진 것도 모르고, 그대로 택시에서 내려

---

10) fastener 서로 이가 맞물리도록 금속이나 플라스틱의 조각을 헝겊 테이프에 나란히 박아서, 그 두 줄을 고리로 밀고 당겨 여닫을 수 있도록 만든 것. 바지, 치마, 점퍼, 주머니, 지갑, 가방 따위에 널리 쓴다.

호텔로 들어갔다. 프런트 앞에 섰을 때, 스커트가 너플하고 발밑으로 떨어졌던 일은 아무리 생각해도 추태였다.

그리스도는,

'몸을 위하여 무엇을 입을까 염려하지 말라. 몸이 의복보다 중하지 아니하냐.'

하고 신약성경 마태복음 제6장에서 가르치고 있다.

그러나 이런 나를 보신다면 예수님은 뭐라고 하실까?

"아야코, 나는 몸이 의복보다 중하지 아니하냐고 하기는 했지만, 기모노를 뒤집어 입으라고는 하지 않았다. 더구나 스커트까지 떨어뜨리라고는 말하지 않았다. 너는 '사랑은 무례히 행하지 아니한다'고 성경에 기록되어 있는 것을 몇 번이나 읽지 않았느냐. 눈을 똑바로 뜨고 바라보아라."

하고 깨우쳐 주실지도 모른다.

어쨌건, 전당포를 하는 친구가 분명히 '만 명 중에 한 사람'이라고 말했듯이, 나는 옷에 대해서는 집착하지 않는다. 어려서부터 결혼한 지금에 이르기까지 옷을 사달라고 졸랐던 적은 한 번도 없다. 그러기는커녕 몇 벌 되지 않는 옷가지들을 다른 사람들에게 서뜻 내어줄 정도다.

아사히신문 현상 공모에 소설이 당선하여 일천만 엔의 상금을 받았을 때, 어머니께서 나들이옷을 한 벌 사라고 거듭 권하시기까지 하셨다.

왜냐하면 나에게는 나들이옷이 없었기 때문이다. 그렇지만 끝내 그 나들이옷도 사지 않았다.

옷에 무관심한 편이었기 때문에 장신구나 보석 따위엔 더더욱 관심도 집착도 없다. 보석을 보여주는 사람이 있으면, 과연 신비한 광채가 난다고 생각은 하지만, 그냥 그것으로 그만이다.

우리 부부의 절친한 친구, 오오타 쿠니오太田邦雄おおたくにお 씨는 약혼자에게 이렇게 말했다고 한다.

"옷은 물론 아무것도 필요 없으니, 다만 하나님의 말씀만 가슴에 가득 담고 와주기 바라오."

라고. 하나님의 말씀이란 성경말씀이자, 곧 신앙을 뜻하는 말이다.

그녀는 오오타 씨의 이 말에 감동하여 우리에게 와서 말해주었다. 그로부터 6년이 지난 지금 이 두 사람은 슬하에 두 딸을 두고, 모범적인 가정을 꾸리며 행복한 부부로 살고 있다.

나는 심심치 않게 독자들로부터,

"요즘도 재작년과 똑같은 옷을 입고 계시더군요."

"항상 검정 스웨터를 입은 사진이 신문에 나오던데, 그것은 선생님의 트레이드마크인가요.”

하는 말을 듣는다. 내가 텔레비전에 나오는 모습이나 신문에 게재된 사진을 보고 이렇게 말하는 경우가 있다.

이와 같은 관심의 표현은 내가 좀 더 보기 좋은 복장으로 나오기를 바라는 것이다. 참으로 고마운 일이다. 그러나,

‘네 보물 있는 그곳에 네 마음도 있느니라.’(마태복음 6:22)

라고 성경에는 기록하고 있다.

보물이란 자기가 제일 중요하게 생각하는 것 아니겠는가. 나에게 의복이나 보석이 제일 중요한 것이어서는 곤란하다.

사람의 삶에서 보배로 삼아야 할 것은 결국, 하나님의 말씀이기를 간절히 바란다. 그리고 하나님의 말씀을 제일 중요한 보배로 삼고 있는 한 내 사랑하는 남편도 아마 만족하게 여길 것이다.

왜냐하면 하루를 시작하면서 성경읽기를 맨 먼저 해야 한다고 나에게 권한 사람이 바로 남편 미우라이기 때문이다.

제2부

마음이 가는 곳

울지 않는
바이올린

그는 용모가 준수하고 든든한 체격에 모든 점에서 뛰어난 남성처럼 보였다.

그 남자가 우리 집에 왔을 때, 아름다운 목소리로 시를 낭독하거나 가요와 유행가를 불러주기도 했다. 그때마다 좋은 목소리에 매혹된 나는,

"악기도 연주하는가요?"

하고 물어보았다. 그러자 그는,

"악기요!"

치고 간개가 무량한 듯, 뭔가를 회상하는 표정을 떠올렸다.

그때, 그는 약간 술기운에 젖어 있었기 때문에 그런 말을 한

게 아닌가 생각된다.

"실은 말입니다. 바이올린을 했습니다. 그런데 지금은 울지 않는 바이올린입니다."

"어머나, 바이올린이요. 왜 그만두셨어요?"

나는 단순한 성격인지라 대놓고 솔직하게 물어보았다.

"그것은 말입니다, 결혼 당시 제 신부였던 집사람한테 지탄을 받았거든요. 그때 그 사람은 이렇게 말했습니다. '우리 집 머슴애는 참 잘 컸어요.'라고 말입니다. 제 바이올린 솜씨가 형편없다고 대놓고 말하지는 않았지만, 그 한 마디는 충격이었습니다. 그 충격을 아주머님께서는 이해하시겠습니까?"

그는 그렇게 말했다.

이 말은 내 가슴에 착 달라붙어 떨어지지 않았다. 그 사람은 모든 면에서 충실한 듯 보였고, 다른 사람들의 격의 없는 비난의 말에 놀라거나 충격 받을 인물로는 보이지 않았다.

그런데 그의 아내가 무심코 한 말에, 그는 그 후 20년 동안 단 한 번도 바이올린을 켜지 않았다는 것이다. 참으로 인간이란 델리케이트delicate한 존재가 아닌가 싶다.

이러한 마음의 상처를 받는다는 생각을 할 때, 나는 내 자신을 돌아보지 않을 수 없다.

나는 사리에 대해서만큼은 분명히 말하는 편이다. 같은 지붕 아래에 살고 있는 남편은 얼마나 많은 '울지 않는 바이올린'을 그 가슴 속에 품고 있을까?

미우라에게 그렇게 말했더니 그는,

"아니야. 아야코는 울지 않는 바이올린을 울게 하는 편이야."

라고 부드럽게 말해주었다.

결혼 후 8년 동안, 나는 마음속으로도 남편을 경멸한 일은 한 번도 없다. 오히려 내 입은 분명하게 사리를 말하기 때문에 더 분명하게 칭찬해 왔는지도 모른다.

"미우라의 노래 솜씨가 좋기 때문에 우리 집에는 텔레비전 같은 건 필요 없어요."

나는 뻔뻔스럽게도 이렇게 말한다.

미우라가 노래를 불러주면, 정말 나는 넋을 잃고 멍하니 미우라의 얼굴을 바라보고, 슬픈 노래를 부를 땐 눈물을 흘리며 듣는다. 이런 광경을 남들이 보면 나잇살이나 먹은 바보 같은 여자라고 비웃을지도 모른다.

하지만 남편의 노래가 더할 수 없이 즐거운 것은 사실이며, 다른 사람들이 미흡하다고 해도 그만큼 즐겁지는 않을 거라 생각한다.

부부란 이런 일로 서로 만족하는 게 아닌가 생각해본다. 남들에게 들어달라고 부탁할 필요도 없다.

"아, 오늘 밤은 노래를 두 시간이나 불렀군."

남편은 그렇게 쓴웃음을 짓고 잠자리에 들지만, 마음속으로 '이 여편네가 나한테 한 푼도 주지 않고 노래를 시키는구나. 지독한 여편네로군.'이라고 생각할 리는 없으리라.

우리 집에 찾아와서 훌륭하게 노래를 부르는 사람이 자기 집에서는 전혀 노래를 부르지 않는다는 말을 가끔 한다.

"우리 아이가 된장이 썩는 것 같다고 해서 말이에요."

"우리 집 아이 녀석이 시끄러우니 노래 부르지 말라고 하는 거예요."

같은 말을 들으면, 나는,

"어머나, 그것 참 아쉬운데요. 그렇게 훌륭한 노래를 집에서 부를 수 없다니 정말 유감이에요."

라고 말한다. 진정 그렇게 생각한다.

유명가수의 노래로는 맛볼 수 없는, 뭐라 표현할 수 없는 그 그윽한 맛을, 어찌하여 그의 아내는 들어주지 않을까 의아하다. 그런 주제에 텔레비전에 나오는 기성가수의 노래는 시간 가는 줄 모르고 듣는다.

설사 자기 남편이 부르는 노래의 음정이 좀 틀렸다 해도 부르는 것만으로도 족하지 않은가? 노래에 자신 없어 하는 남편이 자기 집에서나마 즐겁게 노래를 부를 수 있게 귀 기울여 즐겁게 들어주는 배려가 필요한 것이다.

이것은 비단 노래에만 한정된 일은 아니다. 일요 목수가 되는 게 자랑인 남편이 애써 보잘것없는 의자를 만들었다고 하자. 그런 경우 수십 만 엔짜리 못지않은 귀중한 의자로 생각하고 기뻐하며 앉아보는 건 어떨까?

그리고 아무것도 잘하는 것이 없는 남편이 직장에서 있었던 일을 자랑삼아 지루하게 떠들더라도 아내는,

"정말 잘하셨군요."

하고 감탄하면서 들어주면 남편의 사기가 올라가지 않을까?

가정이라는 사적인 공간은 서툴게 만든 조악한 의자라도, 다른 사람들은 그리 달가워하지 않는 하찮은 이야기라도 모두 받아들일 수 있는 크고 관대한 곳이어야 한다.

여러 결점을 지니고 있는 것이 인간이다.

"그런 노래를 부르면 된장이 썩어요."

"좀 더 재미있는 이야기 없어요? 항상 자랑거리도 아닌 이야기만 하는군요."

"솜씨 없는 조잡한 의자 같은 건 쓰고 싶지 않아요."
따위의 말로 남편을 집밖으로 내몰아서는 안 된다.

남자란 마음 편히 지낼 수 있는 곳을 좋아한다. 집에 돌아오면 즐겁고, 격려와 위로, 존경의 말이 가득하면 '울지 않는 바이올린'을 가슴에 안고 쓸쓸하게 홍등가를 헤매지는 않을 게 아닌가?

가정은
법원이 아니다

 언젠가 이런 꿈을 꾸었다.

우리 집에 전혀 본 적도 없는 남자 대여섯 명이 침입했다. 그리고 '앗' 하고 소리칠 새도 없이 장롱 속에 있는 물건들을 순식간에 밖으로 끄집어냈다.

나는 놀란 나머지 화가 치밀어 그 무뢰한들을 찍 소리도 못하도록 단단히 꾸짖었다.

꿈이란 아이러니해서, 나에게 꾸중을 들은 험상궂은 남자들은 모두 기운 없이 고개를 숙인 채 서 있었다. 현실이라면 그러한 일은 일어나지 않았을 것이다.

그런데 어찌 된 일인지, 이 무법자들을 꾸짖는 내 앞에 불현듯

옛날 제자 이노마타 요오이치猪股陽一いのまたよういち가 나타났다.

이 아이는 항상 싱글벙글 웃어서 귀여운 학생이었는데, 꿈속에서도 여전히 웃고 있는 초등학교 1학년생이었다.

"선생님께서 그처럼 분노하시는 것은 옳습니다. 이 사람들의 행동이 나쁜 것이기 때문에 화를 내시는 것도 당연합니다. 하지만 아무리 선생님이 옳고 이 사람들이 나쁘다고 해도 그렇게 거듭 화를 내시면 그 정당함이 정당하지 않게 된다는 것을 아셔야 합니다. 이젠 화내시는 걸 그만두세요. 더 이상 화를 내신다면 오히려 선생님이 나쁜 사람이 됩니다."

이노마타 요오이치는 어린 일학년인데도 어른과 같은 말투로 말하며, 나를 순순히 타일렀다.

화만 내던 나도 순간, '과연 그렇구나.'하고 탄복할 정도로 요오이치의 말에는 설득력이 있었다.

꿈을 깨고 나서, 나는 미우라에게 꿈 이야기를 했다.

"좋은 꿈을 꾸었군."

하고 미우라는 기뻐했다.

아마도 미우라 자신이 나에게 말하고 싶었던 것을, 내가 꿈속에서 들었기 때문이리라.

특히 가정생활에서는 자기가 옳다고 생각할 때 무조건 화부터 내는 것은 삼가야 하고, 신중하게 행동하지 않으면 안 된다.

내 친구 가운데 아이들이 밥공기를 깨거나 미닫이 창호지를 찢어도 절대로 꾸짖지 않는 인내심이 비교적 강한 사람이 있다.

"일을 저지른 아이들은 앗! 실수했구나, 잘못했구나 하는 표정을 지어요. 그런데 조심하지 않았기 때문에 밥공기를 깼다든가, 어째서 그런 짓을 했느냐고 꾸중을 해서 모처럼 잘못했구나 하는 반성을 하는 마음을 짓뭉개버리는 결과가 되지 않겠어요. 그때 아이는 '말하지 않아도 알아요. 뭐예요, 이까짓 일을 가지고 말예요.'하며 반발할 것이 뻔하지 않겠어요?"

그녀는 자주 그런 말을 했다. 그와 같은 이야기를 들으면, '과연 그렇구나.' 하고 친구의 훌륭한 태도에 감동한다.

이와는 대조적으로 남편이 밤늦게 귀가해서,

"오늘 저녁도 회사 손님 접대로 밤 10시를 넘기니 미안해서 말이야…."

라고 말하면서, 아내가 좋아하는 과일이나 치킨 같은 선물을 사 들고 와서 슬며시 내밀었을 때, 대답도 하지 않고 삐쭉거리고 일어서 들어가 버린다면 과연 어떨까?

'빌어먹을, 늦었다고 미안해서 빌었더니 의기양양해. 좋아! 그

럼 다음부터는 더 늦게 귀가할 거다.'

오히려 이런 반감을 불러일으키지 않을까? 이럴 때, 아내가 부드러운 말로,

"이렇게 늦게까지, 교제도 직장생활의 즐거움 아니겠어요. 피곤하실 텐데 선물까지 사 오시다니, 어쩌면 이렇게 자상하세요. 소중한 당신이기 때문에 건강이 염려돼요, 여보."
라고 말한다면, 남편은 어떻게 생각할까?

'아아! 정말 미안한데, 내가 거짓말을 하는데도 이렇게까지 믿어주다니…'
라고 아내의 마음 씀에 감격하지 않을까?

'됐다, 됐어. 이 여편네는 바보니까, 이런 방법으로 또 속여야지.'
라는 식으로는 생각하지 않을 것이다.

이렇게 생각해보면, 내 일상생활을 여러 각도로 반성하게 된다.

한편 미우라의 경우는 불평하는 사람은 아니기 때문에 정색하고 그를 책망할 일은 거의 없다. 그런데도 대수롭지 않은 일로 미우라를 꾸짖는 일이 있다.

예를 들면, 내 편지를 대필할 때의 일이다.

'이 강연은 사양하세요.' 하고 미우라에게 부탁한다.

그러면 그는 타고난 성품이 착하기 때문에 거절의 끝에,

'언젠가는 마음껏 보답해드려야겠다고 생각합니다.'라고 부기한다.

그러면 상대방은 거절당했다는 데 중점을 두지 않고, 부기한 내용을 기억해두었다가, 다시 강연의뢰를 해온다.

"어머나, 거절하라고 말했는데, 어째서 거절하지 않으셨어요."

이렇게 말할 때, 나는 분명히 미우라를 책망하는 것이다.

그러나 사실은 책망할 것이 없는 일이다. 쓸데없는 짓을 했다고 생각하는 것은, 언제나 그렇게 불평을 늘어놓은 뒤이다.

부부싸움은 이처럼 사소한 일로 시작되는 경우가 의외로 많다.

"거기에 있는 숟가락 좀 집어줘요."

이에 숟가락을 집어 내밀면,

"누가 숟가락이라고 했어. 젓가락이라고 했잖아."

"어머, 분명히 숟가락이라고 하셨어요. 그렇지 애들아?"

하고 아이들에게 확인한다.

"뭐 못 먹은 것을 자셨나, 당신은 꼭 그러시더라."

아내는 기다렸다는 듯 호되게 나무란다. 여기서 두 사람의 감

정이 폭발하면 될 대로 되라는 식으로 이혼 이야기가 나오기도 하고 상해로까지 이어져 파탄지경에 이르기도 한다.

설령, 자신이 옳다고 상대방을 두들겨 패거나 상해를 입힌다면, 그것은 이미 정당하지 않다는 것을 입증하는 셈이다.

가정은 법원이 아니다. 어느 쪽이 정당한가를 말하는 것보다 더 중요한 것이 있다는 것을 나는 꿈을 통해 깨달았다.

남자는
갈대인가

한 주간지에 '남편에게 절대로 해서는 안 될 말 100가지'라는 기사가 게재된 것을 본 일이 있다.

나는 이 기사를 읽고 이상하게도 자신감을 잃었다. 왜냐하면, 이 100가지의 말을 한 번도 하지 않은 아내는 없다고 단정할 수 있을 정도로 대수롭지 않은 말들이 씌어있었기 때문이다.

"오늘 저녁엔 뭘 드시고 싶으세요."

출근하는 남편에게 이런 말을 건넸다고 해서, 그 말이 남편에게 진정 불쾌감을 주는 바람직하지 못한 말이라고 아내들은 손톱만큼도 생각하지 않을 것이다.

매일 반복해야 하는 식단에 머리를 쓰기 싫어서 그렇게 묻는 것이 아니다. 고단한 직장에서 귀가하는 남편이 먹고 싶어 하는 음식을 준비하려는 아내의 자상한 마음에서 물어보는 것이다.

어째서 이 말이 좋지 않은 말인지 나는 둔해서 도저히 알아차릴 수 없었다.

그래서 나는 남편 미우라에게 물어보았다.

"미츠요 씨. 당신도 아침에 이런 말 듣는 거 싫어요?"

"으응."

"어머나, 싫다구요. 어째서요?"

"그런 말을 매일 빼놓지 않고 들으면 왠지 번거롭지 않을까. 특히 출근할 때는 무엇보다도 업무에 더 신경이 쓰이기 때문이지. 그럴 때, 사소한 반찬이나 먹거리에 마음을 집중시키는 것이 어쩐지 번거롭다는 뜻이에요. 그리고 또 하나는 아침인데, 오늘 저녁식사는 콩자반에다가 이것저것이라고 결정해버리는 것도 달갑잖은 일 아니겠소. 식사란 매일매일 해야 하는 생활의 즐거움 중 하나이기 때문이지. 저녁식사에 어떤 음식이 나올까 기대하는 즐거움이 있는 것인데, 미리 알아버리면 흥미가 반감하지 않겠어. 어쩌면 그런 말이겠지, 안 그래."

라고 말하는 것이다.

충분히 이해할 수 있겠다고 여기면서도, 한편으로는 남자란 알 수 없는 존재라는 생각이 새삼 든다.

만약 내가 남자라면,

"오늘 저녁엔 쇠고기 스테이크가 좋겠는데."

라는 등, 먹고 싶은 메뉴를 미리 부탁하면 더 낫지 않을까.

그러면 오늘 저녁에는 맛있는 쇠고기를 먹겠구나 하는 기대로 저녁시간이 즐겁게 기다려질 것 같다.

그런데 상대가 나와 다르게 남자라는 사실이다. 그리고 또,

"오늘 저녁 반찬으로 쓴 이 무는 한 개에 60엔이나 해요."

하는 말을 들으면, 순식간에 식욕을 잃고 만다고 그 주간지에는 씌어있었다.

이 말도 우리 아내들로서는 남편이 불쾌하게 여기리라고는 전혀 생각할 수 없는 말이다. 남편에게 다시 그 이유를 물어보았다. 그러자 그가 말하기를,

"남자란 대체로 약하기 때문이지. 그들은 피해망상, 열등감 덩어리로 보아도 좋아요. 그러므로 반찬거리인 무 한 개에 60엔이나 100엔까지 주었다고 말하면, 당신이 주변머리 없는 월급쟁이라서 이렇다고 비아냥거리는 말로 들리기 때문이지."

"그렇군요. 견구 무가 60엔이나 한다는 말을 들으면, '당신의 월급으로 60엔짜리 무를 사는 것조차 너무 힘들어요. 월급이

좀 더 많으면 무가 100엔이든, 200엔이든 부담이 안 될 테지만 말예요.'라고 말하는 것처럼 들리겠네요. 이해가 되네요."

어쩌면 남자들은 마음이 그렇게 약할까? 그럼 아내들은 어떤 생각으로 무가 비싸다든가 시금치가 비싸다는 따위의 말을 남편 앞에서 할까? 여자인 나도 알 수 없다.

그러나 나처럼 양성인 여자가 말할 때에는 단지 그 무의 값만 문제 삼는다.

내가 남자라면 아내에게 이렇게 말하겠다.

"정말 놀랍군, 무 한 개에 60엔이라니. 여보, 이건 아주 중대한 국민경제의 문제야. 누구나 이렇게 비싼 무를 먹어야 한다면 문제가 있는 것 아니겠어. 높으신 양반들 정치를 잘못하는구면. 다음 선거 때는 당신도 잘 생각해서 물가를 지나치게 올리지 않을 정당에 한 표를 던져야겠어. 물가가 올라 식당에서 파는 메밀국수도 양이 줄어 한 그릇으로는 부족해요. 점심값 좀 올려 주지 않겠소."

라고 말하며 손을 내밀어 용돈 더 달라고 조르기라도 하겠는데, 현실은 그렇지 않은 것 같다.

"어머나, 정말 멋진 집이네요."

텔레비전을 보던 아내가 이렇게 말하면, 남편은 못 들은 척하

면서 텔레비전 화면에 열중하는 척한다. 이 또한 결국은,

"당신, 언제 저런 훌륭한 집에서 살게 해줄 거예요."

라는 뜻으로 남편들에게는 들리는 모양이다.

그렇다면 남성은 기질이 매우 여리고 마음이 부드러운 사람들 아닌가?

"저 집 멋지네요."

라고 말했다 해서 그렇게 버둥댈 필요 없다. 멋지므로 멋지다는 것이지, 특별히 지금 살고 있는 집이 불만이라고 말하는 뜻은 절대 아니다.

"으응, 멋진 집이군."

하고 맞장구치며 의연한 태도를 보이는 것이 진정한 남자다.

설령 당신의 아내가,

"당신 월급이 적어서 저런 집에서는 도저히 살 수 없겠어요."

라고 말할 여자임이 틀림없을지라도 의연하게 있다 보면, 약간의 불평이나 넌지시 빗대어서 하는 말버릇도 결국 없어질 것이다.

그렇기는 하지만, '남편에게 해서는 안 될 말 100가지' 기사를 고면 이네들은 더 세신하게 남편을 배려하는 마음과 행동으로 따뜻하게 보살피지 않으면 안 되겠다고 깊이 생각해본다.

'여자는 약하다.'라는 말은 틀렸고, 오히려 '남자는 약하다'라고 하는 편이 옳을 것 같다.

남편들은 복잡한 직장 내의 인간관계를 유지하면서 다른 사람들이 하는 말 한 마디 한 마디에 신경을 곤두세우고, 또 그때마다 그 말이 뜻하는 바를 간파하지 않으면 안 될 처지에서 기력을 소모하고 있는 것이다.

남편이 부재중인 집을 지키는 아내보다, 바깥의 생활전선에서 가족을 위해 고군분투하는 남편이 더 많은 수고를 하는 것은 분명한 사실이다.

'익숙해진다'는 것에 대한
두려움

이 세상에는 몇 가지 두려운 것이 있다. 내가 가장 두려워하는 것은 현대판 강도들이다.

옛날 강도들은 돈만 주면 엉뚱한 짓은 하지 않았다는데, 요즘의 강도들은 우선 사람부터 무참히 죽여 놓고 100엔, 200엔의 적은 액수의 돈까지 빼앗아 달아난다고 한다.

그러나 강도는 어느 정도 막을 수 있는 상대다. 막을 수 있는 존재는 의외로 두렵지 않다. 막으려 해도 막을 수 없는 존재가 두려운 것이다. 지진이나 음주운전이 이런 유에 속한다.

그리고 어찌할 두려가 없는 것이 있다. 그 가운데 하나가 '익숙해진다'는 것이다.

나는 13년간 요양생활을 하는 동안 물건을 받는 데 익숙해지는 것이 두렵다고 생각한 적이 있다.

한번은 몇 년 만에 문병 온 친구가 있었다. 나는 그 친구가 아무것도 가지고 오지 않은 점에 순간 마음이 끌렸다.

노시부쿠로のし袋11)에 돈을 넣어 주고 가는 사람도 있는데, 아마 이 친구도 문병하러 온 길이니 돈을 넣어 가지고 왔겠지 하고 지레짐작했다. 오랜만에 만나서 이야기라도 나누려는데,

"그럼 몸조심해요."

하고 그녀는 돌아갔다.

틀림없이 축위금을 내놓는 것을 깜박 잊었지만, 곧 알아차리고 되돌아올 것이라고 나는 생각했다. 그러나 그 친구는 끝내 돌아오지 않았다.

'오랜만에 문병 왔으면서 인색한 사람이구나.'

이렇게 생각하는 순간, 나는 내 자신에 대해 겁이 나고 소름이 끼쳤다. 지금 내가 무슨 생각을 하고 있는가. 아무리 내 자신이 환자라지만 사람들로부터 금품 받는 것을 당연한 일로 받아들이다니! 걸식하는 거지나 다를 게 없으니 나 자신이 두렵게 느껴진

---

11) 축위금 따위를 보낼 때 돈을 넣는 색줄 친 종이봉투 'のし·水引'가 인쇄되어 있음

것이다.

그런 일이 있은 뒤로 나는 금품 받는 일에 익숙해지지 않도록 스스로를 경계했다.

그렇지만 다른 사람의 경우라면 상관없다. 부부가 되면, 여러 가지 일들에 익숙해지는 것이 당연하지 않을까?

남편은 나를 처음 만났을 때, '홋타堀田ほった 양12)'이라고 불렀다. 그로부터 1년쯤 지난 어느 날 전화를 걸어서,

"아야코 양이라고 불러도 괜찮지요."

하고 수줍게 물었다.

나는 그때, 가슴에 '쾅'하는 충격을 받아 나도 모르게 수화기에 볼을 비볐던 일을 기억한다.

그 후부터 미우라는 편지에 '아야코綾子あやこ'라고 썼다. 나는 그 편지를 가슴에 안고 '아야코'라고 되뇌어 보았다.

지금은 하루에 몇 번, 아니 수 없이 '아야코'라고 부르지만, 나는 아무런 감격도 없이 '왜요'라는 투로 대꾸한다.

어쩌다 내 이름이 처음으로 불렸을 때의 그 원초적인 행복을 회상하고 새롭게 감사해야겠다고 깊이 반성한 적도 있다.

생각해 보면, 미우라가 내 남편이라는 사실은, 나에게는 뭐라

---

12) 결혼하기 이전 성씨

표현할 수 없는 굉장한 사건이다. 기나긴 병원 요양생활을 하던 나를 격려하고 위로하면서 꾹 참고 기다려준 미우라를 생각하는 것만으로도 뭐라 표현할 수 없을 만큼 황송한 느낌이다.

"미우랍니다."

하고 남편을 다른 사람들에게 소개하면서 나는,

'아, 나는 너무 낙천가인가 봐, 이 사람이 내 남편이라는 사실이 결코 당연한 일이 아닌데도 말이야.'

라고 미안한 마음을 가질 때가 있다.

만일 미우라가 나처럼 병상에 누워있는 환자를 상대하지 않았더라면, 나는 과연 어떤 모습일까. 지금까지도 병원 생활을 하고 있거나, 이미 죽었을지도 모른다.

이 넓은 세상에서 단 한 사람의 남자와 단 한 사람의 여자가 만난 것만으로도 커다란 감격이 아닌가?

우리 부부의 친구들 중에 마츠다 노부히로松田宣弘まつだのぶひろ 씨가 있다. 그는 대학을 졸업한 훌륭한 공무원이지만, 실은 인격적으로도 매우 겸손한 분이다.

우리 부부가 결혼할 당시부터 집에 자주 오시고 말씨나 예의도 바른 분인데, 우리 같은 사람을 변함없이 돈독한 우정을 가지고 만나신다.

이 분이 하는 말에 나는 크게 감동한 적이 있다. 그것은,

"제가 아내와 결혼하기로 했을 때 저는 감격했어요. 저처럼 보잘것없는 사람과 일생을 함께 할 결심을 선뜻 해준 데 대한 감격이었죠. 남자들에게는 많든 적든 이런 마음이 있지 않을까요?"

라는 이야기였다.

마츠다 씨 정도의 남성이라면, 어떤 여성과 결혼해도,

"나와 결혼한 당신은 행운이야. 고맙게 생각하는 게 좋을 거야."

하고 당당하게 생각해도 되지 않나 싶다.

환자였던 나는 마츠다 씨와 똑같은 감동을 안고 미우라와 결혼했다. 그러나 이런 감동이 지금도 항상 새롭다고는 결코 말할 수 없다. 이제는 당연하다는 표정으로 응석을 부리기도 하고 화를 내기도 하면서 제멋대로 구는 여편네로 전락했다.

익숙해진다는 것은 왠지 두려운 일이다. 익숙해짐으로 말미암아 감사해야 할 일마저도 불만의 씨앗이 되어버리고 만다.

'너의 처음 사랑을 버렸느니라.'(계2:4)

라는 말씀이 성경에도 있지만, 가끔 이 성구를 떠올리면서 나는 기도를 올린다.

"하나님 아버지, 나 같은 사람에게 미우라처럼 훌륭한 남편을 만나게 해주셔서 감사합니다. 어떻게든 이러한 은혜에 익숙해지지 않도록 거듭 인도해주소서."

여자는
아름다운 풍경

내가 살고 있는 아사히카와旭川あさひかわ 시市는 수로공사로 논에 물이 흘러 들어와, 저녁때가 되면 집 안에까지 개구리 울음소리가 들려올 정도로 농촌의 풍미가 진하게 풍겼다.

일찍 저녁식사를 마친 후 미우라와 나는 산책을 나섰다. 이곳으로 이사 왔던 5년 전은 집 주위가 온통 논이었다. 그러나 지금은 집들이 들어서서 논이 줄었다.

논에 고인 물에 붉은 저녁노을이 물들고 길을 지나는 버스가 일렁거리는가 하면, 줄넘기를 하는 어린이들의 모습도 비친다.

"참 아름다워요."

하고 내가 걸음을 멈춘다.

"정말 그렇군."

하고 미우라도 멈추어 선다.

저녁 빛 가운데 우뚝 선 다이세츠잔大雪山だいせつざん이 붉게 타오르고 있다.

"저 다이세츠잔에 올라갔을 때, 호쿠친다케北鎭岳ほくちんだけ에서 쿠로다케黑岳くろだけ까지 나 혼자 걸었어요. 세상의 움직이는 소리가 전혀 들리지 않는 대자연 속에 오직 나 혼자 있어본 경험은 잊을 수가 없어요."

"소중한 경험이군. 그 소중함이란, 그때는 잘 알 수 없었더라도 그런 일을 회상할 때 자기를 성장시키는 무언가가 있지 않겠어?"

"그래요. 실존이라는 말을 잘 회상하시는군요."

약 50미터쯤 걸어가니 작은 시냇물이 소리와 함께 흐르고, 시냇가에 서 있는 버드나무의 파란 싹이 아름답게 돋아있고, 아직은 조그만 클로버 잎과 쇠뜨기, 쑥 따위가 둑에 초록빛을 키우고 있었다.

"쇠뜨기도 먹을 수 있나요?"

"그럼. 하지만 이 미나리가 훨씬 더 향기롭지."

미우라가 쑥을 뜯는다.

"쑥냄새 나지!"

"아아, 향긋한 냄새."

"이 흙에서 이렇게 향긋한 냄새가 나는 것이 돋아나다니, 참 신기하네요."

"정말이에요. 하얀 꽃, 빨간 꽃, 가지각색의 꽃들이 흙에서 돋아나고, 은방울꽃 향기나 백합 향기와 같은 향긋한 향까지 모두 이 흙에서 만들어진다는 것이 신비로워요."

"하나님의 창조 능력은 참 엄청나요."

두서없는 말을 주고받으면서 우리는 4, 5백 미터쯤 어슬렁거리며 걷는다.

평소의 긴요한 용건을 이야기하는 것도 아니고, 일에 대해 이야기하는 것도 아니다. 말하자면 '별 볼일 없는 이야기'를 하면서 걸을 뿐이다.

"저 하늘 빛 좀 보세요."

라든가,

"오늘은 강에 물이 많네요."

라든가,

"자작나무 새싹이 제일 아름다워 보이는군요."

라는 등, 우리 두 사람만 공감하는 세계다. 그저 그뿐이다.

하지만 그런 대화마저 주고받지 못하는, 감정이 메말라버린 부부도 있다는 사실을 우리는 알고 있다.

"여보, 벚꽃이 피었어요."

"잠깐 앞뜰로 나와 보세요."

"으응."

남편은 신문을 펴고 아내의 말은 모두 건성으로 듣는다.

이건 이것대로 좋다.

"퇴근길 버스가 혼잡해서 피곤해."

"피곤한 것이 어찌 당신뿐이겠어요. 저 역시 빨래하랴, 아이들 돌보랴, 청소하랴, 매일 녹초가 되다시피 해요."

이 부부에게서는 이미 공감이라는 걸 전혀 찾아볼 수 없다. 다만 자기만의 완강한 주장이 있을 뿐이다. 어디 그뿐인가.

"어떻게 된 거요. 기운이 없어 보이는데."

하고 위로하는 남편에게 아내가 되받는 말,

"기운이 없게 되었어요. 여보, 저한테 지금 돈이 얼마나 있는 것 같아요? 저도 돈이 좀 있으면 다른 여자들처럼 기운이 있어 보일 텐데요."

이쯤 되면 남편은 아내를 위로하지 않은 편이 오히려 더 좋았을 것이다.

"그만둡시다. 한 마디만 더하면 싸움이 될 테니까."

하고 남편은 아내의 말을 더 이상 듣지 않으려고 할 것이다. 아내도 마찬가지다. 이리하여,

"저녁노을이 아름답구나."

하는 이야기마저,

"저녁노을이 아름답다고 돈이 되겠어요."

라는 식의 씁쓸한 일상이 되고 만다.

"여보, 산책할래요?"

하는 남편의 권유를 받고,

"젊은 사람도 아닌데 꼴사납게 무슨 산책이람."

"전 바빠요. 산책이나 하는 한가한 사람하고는 달라요."

라고 대답한다면, 부부의 행복 같은 것은 영영 찾아오지 않을지 모른다.

평소 대수롭지 않은 소소한 이야기나 사랑이 없는 대화마저 주고받을 수 없다면 어떻게 중요한 이야기를 나눌 수 있겠는가.

인간의 이해라는 것은 작은 대화가 거듭되는 가운데 이루어지는 것 아닐까?

아무리 특별하지 않은 대화라도 그 대화는 결국 그 사람의 인격에 핀 꽃과 같은 것이다.

주고받는 말 한 마디 한 마디는 그 사람의 인품을 나타내는 표상이다. 그러기 때문에 대수롭지 않은 대화 가운데서 우리는 서로의 좋은 점, 새로운 면, 결점을 볼 수 있게 된다. 말하자면 말은 그 사람의 인품을 보여주는 거울과 같다.

"이것 보세요. 어린이가 '어째서 집을 모나게 지어요.'하고 질문했다는 이야기가 책에 씌어있어요."

나는 너무나도 어린이다운 질문에 미소를 짓고 미우라에게 말했다.

"흐음, 그거 재미있는 걸. 그 아이의 마음속에는 혈거시대穴居時代의 무언가가 남아있는 걸까?"

이 대답에 나는 놀랐다.

내가 단순히 어린이의 질문이 재미있다고 느낀 것과는 전혀 다르다. 인간을 긴 역사 가운데서 느끼는 듯하다.

미우라와 나는 동질이면서도 전혀 다른 인간이라는 사실, 남자와 여자의 시야가 다르다는 느낌을 이 대화 가운데서 발견하였다.

그리고 이 짧은 대화 속에서도 나는 미우라를 한층 더 존경하게 된다.

"아무 말도 필요 없는 좋은 부부예요."

라고 주위 사람들은 말한다.

그럼 우리는 아직 연인 사이일까?

그리고 세상의 연인들은 어디서 어떤 대화를 나눌까?

뿌리 깊은 나무는
바람과 대화한다

"아야코는 꾸지람을 들으면서도 칭찬받는 것처럼 생각하는 별난 사람이야."

하는 미우라의 말에 감동하기도 하고 놀라기도 한다. 하지만 나도 다른 사람들처럼 악담을 듣는 것보다는 칭찬받는 편을 좋아한다.

옛날 어느 곳에 아버지와 아들이 살고 있었다. 아버지는 말을 타고 아들은 걸어가는데 주위 사람들이 말했다.

"참 무정한 아버지로군. 자기만 말을 타고 어린 아들은 걷게 하다니 말이야."

그러자 아버지는 말에서 내려 아들을 태웠다.

그랬더니 또 사람들이 말했다.

"세상에 저런 불효막심한 녀석이 있나. 저만 말을 타고 아버지를 걷게 하다니."

이들 두 부자는 입장이 난처해졌다. 그래서 두 부자가 함께 말을 탔다. 그러자 사람들이 말했다.

"말이 불쌍하군. 저렇게 비쩍 마른 말에 둘이 타다니."

두 사람은 말에서 내려 말을 어깨에 메고 걸었다. 그러다 끝내는 말을 강물에 던져버리고 말았다는 이야기를 들은 적이 있다.

이것은 세상 사람들이 던지는 말에만 너무 신경을 쓰는 자주성이 결여된 인간을 풍자한 이야기다. 그러나 자기 자신을 좀 더 돌이켜본다면, 이 부자를 보고 웃을 수 있는 사람은 그리 많지 않으리라.

내가 쓴 소설 ≪빙점≫을 칭찬하는 사람도 많지만, 나쁘게 평하는 사람도 적지 않다. 그리고 한 번도 나를 만나보지 않았는데, 나의 생활방식을 칭찬하는 사람이 있는가 하면, 똑같은 입장에서 무작정 험구를 늘어놓는 독자도 있다.

남에게 칭찬을 받으면 미우라는,

"아, 하나님을 두려워하지 않으면 안 됩니다. 두려운 일이에요."

하고 나를 훈계한다.

미우라의 말을 빌면, 우리 부부에게 좋은 면이 있다면, 그것은 하나님이 인도하시는 데 따른 것이지, 결코 우리의 공적이 아니라는 것이다.

사실은 하나님께서 칭찬 받으셔야 되는데, 우리가 칭찬받고 말았다는 것이다. 이렇게 되면 하나님께 면목이 없다는 말이다. 그러므로 미우라를 칭찬할 때면 나도,

"미코(애칭), 당신은 훌륭한 사람이군요. 어떻게 그처럼 훌륭한 분이 되셨어요. 하지만 오만해지면 안 돼요. 모두가 하나님의 은혜니까요."

라고 말할 때가 있다.

미우라의 형도 사랑이 깊은 분이다. 미우라는 자기도 모르게 사람들 앞에서 형을 칭찬했다. 이 소식을 전해 들은 형이,

"아야코, 자네가 내 일을 많은 사람들 앞에서 칭찬했다면서. 얼굴이 화끈거려 견딜 수가 없었어요. 나도 평생 동안 어떤 나쁜 짓을 저지르게 될지 알 수 없잖아요. 칭찬하려면 내가 죽은 다음에 칭찬해주어요."

라고 말했다. 이에 대해 미우라는,

"칭찬 받는 것이 나쁘다고는 생각하지 않아요. 하지만 인간은

칭찬을 받으면 우쭐해지기 때문에 문제가 되지요."

이렇게 나를 다듬는다.

생각해보면, 우리의 모든 것을 꿰뚫어보시는 하나님 앞에 서 있는데, 남에게 칭찬은 받을지언정, 하나님 앞에서는 부끄러워 견딜 수 없으리라.

미우라는 반대로, 내가 독자들로부터 소설에 대한 험담이라도 듣는 때면,

"아야코, 감사해야 합니다. 우리는 매일매일 찬사의 편지를 지나치게 많이 받고 있어요. 찬사의 말에 익숙해져서 우쭐해지면 안 됩니다. 이것은 하나님께서 하시는 훈계의 말씀이에요."

이렇게 말하고, 그 편지를 벽에 붙여놓는다.

지금도 주방 벽에는 엽서 한 장이 3년이 넘도록 붙어있다.

'오만하지 말자.'

라는 내용의 엽서이다.

이 엽서를 보고 나는 사실 마음이 좋지 않았다.

"당신은 늘 변함이 없으시군요. 조금도 잘난 체 않으시구요."

모두 그렇게 말하므로 나도 역시 소설을 쓴다고 해서 특별히 내 자신이 훌륭하다고 생각한 적은 없다.

하지만 미우라는 말했다,

"아야코는 분명 잘난 체 하지는 않아요. 하지만 인간이란 원래가 오만한 존재예요. 이 엽서는 우리에게 진실을 대변해주는 좋은 충고라는 사실만은 잊지 않도록 합시다."

애초부터 오만한 사람이라는 말을 들었다면 더 이상 변명할 말이 없다. 그러나 이제는 분명히 그렇구나 하는 생각으로 마음을 가다듬는다.

"인간은 칭찬을 들음으로써 우쭐해지기도 하고, 좋아하기도 하며, 남을 깔보는 과오를 범하기 쉬워요. 그러나 비난을 받는 것은 반성의 기회가 되기 때문에 고마운 거예요."
라고 미우라는 나에게 가르쳐준다. 분명 그렇다.

한 친구가 나를 오해하여 매우 심한 험담을 늘어놓고 다녔다. 내가 요양 중이던 10년도 더 전의 일이다. 그때 나는 내 자신을 곰곰이 돌이켜보았다. 그런데 갑자기 이상했다.

그 친구는 나에 대한 험담을 했는지 모르지만, 그것은 나의 나쁜 점 전부를 말한 것은 아니었다. 내가 내 자신을 찬찬히 돌이켜보니, 한층 더 많은 나쁜 점이 속속 드러났다.

'만일 내가 내 자신에 대해 악담을 한다면, 나는 더 지독하게 할 것이다. 그 친구가 한 험담은 그저 미온적인 비난에 지나지 않는구나.'

그렇게 생각하니 나는 그 친구를 나쁘게 생각할 수가 없었다. 그 덕분에 나는 오늘에 이르기까지 그 친구를 나쁘게 생각하지 않는다. 오히려 고마운 마음으로 지낼 수 있었다.

미우라가 말한 것처럼 어찌되었건 반성의 기회가 주어진다는 것은 분명 고마운 일이다.

"아야코는 꾸지람을 들으면서도 칭찬을 듣는 것처럼 생각한단 말이야."

라는 말을 미우라에게 들을 정도로, 내가 비교적 화를 내지 않는 이유는 다른 데 있다.

그것은, '달이나 꽃은 사람들이 아름답다고 하든 말든 아름답다. 마찬가지로 보기 싫은 것도 칭찬을 받든 비난을 받든 보기 싫은 것이다.'라는 불변의 법칙을 알기 때문이다.

나는 사람들의 시시비비와 선악의 평가로 한 인간의 참된 가치가 변한다고는 생각하지 않는다. 그리고 제각기 지닌 인간의 가치란 어떤 인간도 완전히 이해할 수 없다고 생각한다.

인간은 자신의 일조차 스스로 알 수 없는 혼돈의 존재이다.

그래서 성경에도 '비판하지 말라' 즉, '남의 일을 이러쿵저러쿵 하지 말라'고 씌어있다고 생각한다.

제3부

별들만이 아는 것

사랑을
조용한 눈길로

 최근 깜짝 놀란 일이 하나 있다.

어느 도시의 부인회로부터 강연초청을 받았다. 그러나 건강
상태가 좋지 않아 부득이 거절하지 않을 수 없었다. 그럼에도
불구하고 두 번, 세 번 부탁해오니 끝내 거절할 수가 없었다.

혼자서는 언제 어디서 쓰러질지 알 수 없는 불안한 상태였기
때문에 미우라에게 함께 동행해달라고 부탁했다.

애써 초청해주었을 뿐 아니라 마중 나온 사람도 많고, 숙소에
서도 시중들 사람을 몇 붙여주는 등 여러 모로 배려해주었다.

토호쿠東北とうほく 지역, 우우奥羽おうう 지방에서 가장 훌
류하다는 그 강연회 장에서 천 명이 넘는 방청객들이 내 이야기

를 들어주었다.

강연이 끝난 후 유지들과 좌담회를 겸하여 점심식사를 함께 했는데, 거기에 40명가량이 자리를 함께 하였다.

여러 가지 이야기를 나누는 가운데,

"미우라 씨 부부는 신앙도 같고, 사상도 같으니 두 분이 사이 좋게 생활할 수 있겠습니다만, 우리는 그렇지 못해요. 왠지 잘 어울리지 못하는데 어떻게 하면 좋겠습니까?"
하는 말이 들렸다.

사실 나에게도 부부관계를 원만하게 하는 수완이나 기술 같은 것은 없다. 우여곡절이 있었는데도 결혼 상대가 미우라였기 때 문에, 이렇게 결혼 8주년을 큰 문제없이 맞이하게 된 것이다. 이는 미우라의 헌신적인 노력의 결과임을 부인할 수 없다.

여하튼 난 질투심이 강하기 때문에, 남편이 술자리에서 밤늦 게 돌아오는 것을 가만히 기다릴 만큼 인내심이 없다. 미우라는 술은 말할 것도 없고, 커피마저 못 마실 정도로 자극적인 음식을 입에 대지 않기 때문에 아무 데도 가지 않고 곧장 귀가한다.

만약 미우라가 상습적으로 밤늦게 귀가하는 남편이었다면 결 혼생활을 2개월도 지속하지 못했을 것이다. 이런 내가 사람들 앞에서 부부가 원만하게 살아가는 수완이나 방법 따위를 거론할 자격은 없다.

어쨌거나 세상살이는 각양각색이다. 미우라와 같은 품행이 바르고 빈틈없는 남편하고는 도저히 함께 살 수 없다는 여성도 있으리라 생각한다.

돌아오는 일요일엔 푹 쉬고 싶은데,

"교회 예배시간 늦겠어요."

하고 깨우기라도 하면 재미없다고 생각할지 모른다. 거짓말을 조금 보태면,

"거짓말하면 안 돼요."

하고 엄숙하게 주의를 주는 미우라이다.

그 정도의 거짓말은 눈감아줘도 되지 않느냐고 반발할 사람도 있을지 모른다.

"술도 마시지 않는다, 담배도 피우지 않는다, 찻집에도 드나들지 않는다니 참 재미없는 사람이네요. 그런 사람과 함께 살려면 두 어깨가 무거워질 거예요."

라고 말할 사람이 있을지도 모른다.

나만 존경하는 이상적인 남편 미우라일 뿐, 다른 사람들에게는 그저 착실하기만 한, 재미없는 남자가 아닐까?

부부란 마치 화음和音과 같아서 서로 어울리는 상대가 있을

것이라 생각한다. 그러므로 어떤 부부에게나 적용할 수 있는 '원만한 부부 생활법'이 과연 있을지 나는 알 수 없다.

하지만 나는 그 좌담회에서 생각다 못해 질문한 사람에게 이렇게 대답했다.

"저 말씀이에요, 목사님이기도 하고 의사 선생님이기도 한 아이미 사부로오相見三郎あいみさぶろう 선생님이 이런 말씀을 하셨어요. 성경에 '남편에게는 주(하나님)께 하듯 하라'고 씌어있습니다. 그러므로 어떠한 남편일지라도 주께 하듯 하시라는 말입니다. 악한 남편에게는 주께 하듯 하지 말라고 말씀하시지 않았습니다. 좋은 남편에게만 잘 대하라고 씌어있지 않다는 뜻입니다. 그러니 만약 남편이 도둑이어서 가만히 망을 보라고 하면 잠자코 망을 보십시오. 그것을 혼자 선한 것처럼, '도둑질하지 마세요.'라고 말한다면 그것은 주께 하듯 하는 것이 아닙니다. 아이미 선생님은 그렇게 말씀하셨어요. 너무 지나친 말이라고 생각하실지 모르겠습니다만, 이 선생님의 말씀을 듣고, 그와 같은 마음으로 생활한 부인이나 남편은 모두 부부관계가 좋아졌다는 체험담을 속속 발표하고 있어요."

이것은 성경에서 보는 기본적인 인간관이다.

성경에는, '비판하지 말라.'라는 말씀으로 기록하고 있다. 비판

한다는 것은 결국, 다른 사람을 나쁜 사람이라고 생각하는 일이다.

'사람을 나쁘다고 생각하는 자체가 더 나쁜 것이다.'

아이미 선생은 그렇게 말씀하신다. 가까이 있는 사람들의 결점은 금방 눈에 띈다. 그러면 그 결점을 바로 입으로 떠들어댄다. 이런 일은 결코 좋은 결과를 맺지 못한다는 뜻이다. 좀체 어려운 일이지만 남편이나 시어머니께는, '주께 하듯 하라' 하신 말씀 이외의 다른 방법이 없지 않을까? 주께 하듯 하라는 것은 먼저 상대방을 존중하라는 뜻이다.

인간관계는 거울에 자신의 모습을 비춰보는 것과 같으므로,

"바보 같은 자식."

하고 눈을 돌리면 거울 속에 있는 자신도 또한,

"바보 같은 자식."

하고 눈을 돌리는 것이 당연하다.

반대로 존경어린 표정으로 공손하게 절을 하면 상대도 또한 똑같이 그렇게 할 것이다.

그 강연에서 돌아온 후 편지 몇 통을 받았다. 그 중에 다음과 같은 편지가 있었다.

'저는 결혼 20년차 주부입니다. 남편하고는 이대로 헤어지지 않고는 다른 방도가 없는 지경에까지 이르러 서로의 감정은 냉랭해져 있었습니다. 선생님의 이야기를 듣고 저는 느낀 바가 있었습니다. 설령, 도둑질하는 남편이라 할지라도 '망을 보고 있으라면 그대로 하십시오.'라는 말씀을 실행했습니다. 그랬더니 이게 웬일입니까. 남편은 본래 저를 사랑하던 사람으로 돌아왔고, 저희들은 위기를 무사히 넘길 수 있었습니다.'

이 편지를 받고 나는 정말 놀랐다. 저런 남편, 이런 남편하고 불만을 터뜨리며 탓하다가도 좋아질 수 있다는 사실을 새삼 깨달았다.

벌레도 새들도 쉬는
밤에

 결혼 후 갖가지 생각이 떠올랐다.

언젠가 어디서 읽었던 글이다.

'40세까지는 독신으로 살 수 있다. 그러나 40세가 넘으면 함께 나이를 먹어갈 상대가 절대적으로 필요하다.'

나는 서른일곱에 결혼했기 때문에 이 말이 지니는 쓸쓸함을 이해한다.

40세가 지나서 혼자 살아가려면 유독 자기만 나이를 먹는 듯한 느낌이 들지도 모른다.

그러나 곁에 누군가 있으면 두 사람이 함께 대화를 나누어 공통의 추억을 형성해간다. 공통의 추억이란 즐거운 삶의 꽃이다.

언제, 어느 곳에서의 자신들 두 사람의 모습에 대한 기억은 서로를 가련하게 여기게 되는 동기가 되기도 한다. 우리에게도 그러한 기억이 있다.

그것은 결혼 2년째 되던 해의 크리스마스였다. 결혼 당시는 500미터 정도밖에 걸을 수 없었으나, 그때는 상당한 거리를 걸을 수 있었다.

크리스마스가 가까워짐에 따라, 나의 마음을 차지한 것은, "예수님은 무엇을 위해서 이 세상에 태어나셨을까?" 하는 화두였다. 그 해에도,

"예수님은 우리들을 구원하시기 위하여 이 세상에 태어나셨어요. 또한 예수님은 십자가에 달리기 위하여 태어나신 거예요." 하고 미우라는 눈에 눈물이 가득한 모습으로 말했다.

거리로 나오니 징글벨 소리가 떠들썩하게 울려 퍼지고, 가게마다 크리스마스트리가 눈이 부시도록 반짝이며 축제 분위기를 연출하고 있었다.

들떠있는 거리를 거닐면서, 나는 어느새 이국에라도 온 것처럼 낯설었다.

거기에는 우리가 울고 싶을 만큼 감사한 마음으로 맞이해야

하는 크리스마스와는 또 다른 분위기가 있었다. 왠지 나는 한없이 쓸쓸해졌다.

"여보, 이 팸플릿 나누어주러 나가지 않을래요?"

나는 집에 돌아와 남편에게 말했다. 그것은 '크리스마스란 무엇인가'하는 팸플릿이었다.

우리는 결혼 후 기독교 팸플릿을 많이 가지고 와서 우편으로 사람들에게 보내기도 하고, 직접 나누어주기도 했다. 교회 주일학교에 있던 팸플릿도 가지고 온 기억이 난다.

남편과 나는 이런 점에서는 의견이 서로 일치한다.

크리스마스 날 밤, 우리는 제각기 팸플릿을 안고 아사히카와 6정목 거리로 나갔다. 6정목 거리는 술집과 바가 많다.

이런 유흥가에 기독교 팸플릿을 가지고 간다는 것은 '나이에 어울리지 않는' 짓궂은 행위이긴 하지만, 우리는 진지하게 참된 크리스마스를 사람들에게 알려주고 싶은 마음에 환락가를 찾은 것이다.

어떤 사람이,

"교회에도 크리스마스가 있습니까?"

하고 내게 물은 적이 있다.

"물론이죠. 교회에서는 더 열심히 크리스마스를 축하합니다."

라고 말했더니, 그는 깜짝 놀라며 말했다.

"그래요? 교회에서도 크리스마스를 축하한다구요."

자세히 들어보면, 그가 말하는 크리스마스란 고깔모자를 쓰고 샴페인을 터뜨리고 술을 마시며 술집 여자들과 함께 왁자지껄 떠들어대는 파티를 가리키는 것이었다.

"그렇지는 않아요. 교회의 크리스마스는 예배와 축하로 찬송가를 부르고 기도를 드리며 목사님의 설교 말씀을 들어요. 그리고 평소보다 많은 헌금을 내기도 하구요. 축하 모임에서는 차와 과자, 귤 정도면 됩니다. 모두가 아기 예수님을 찬양하고 촌극이나 노래나 게임을 하는 화기애애한 모임을 갖죠."

"그런 크리스마스가 있는 줄은 몰랐습니다. 크리스마스라면 바나 카바레밖에 없는 줄 알았으니 말입니다."

이런 이야기를 할 정도였으므로 우리는 어떻게든 많은 사람들에게 참된 크리스마스의 의미를 알려주고 싶었던 것이다.

차도를 끼고 나는 오른쪽 보도로, 남편 미우라는 왼쪽으로 갔다. 눈이 내리는 밤이었다. 만취한 사내들은 싱글벙글하며 서슴없이 팸플릿을 받았다.

"야아, 자네는 어느 카바레…."

라며 안내장을 가져가는 사내도 있었다. 아마도 술집 광고전단

지인 줄 알았던 모양이다.

하지만 '크리스마스란 무엇인가' 하는 이야기와 예수 그리스도의 탄생에 관한 이야기가 씌어있으니, 모처럼의 취기도 가시지 않을까 생각하며 팸플릿을 차례차례 나눠주며 거리를 따라 걸어갔다.

차도 건너편의 남편을 보니, 그도 열심히 팸플릿을 나눠주고 있다.

아마도 마우라로부터 팸플릿을 받아 든 사람들도 어느 바의 광고 전단지쯤으로 여기겠지 생각하니 나는 유쾌했다.

얼마쯤 가다가 다시 길 건너편 보도를 보니 전주를 붙잡고 토하는 취객에게 남편은 무슨 말인가 하고 있었다. 꽤 긴 시간 동안 남편은 그 사람과 이야기를 나누는 것 같았다.

"그날 밤, 팸플릿을 받은 사람들은 지금쯤 어떻게 하고 있을까? 아마도 그때, 전주를 붙들고 토하던 취객은 크리스천이 되지 않았을까 싶어요. 그런데 토하던 그 취객에게 특별히 애정을 느끼는 것은 무슨 까닭일까요?"

이따금 남편도 그날 밤의 일들을 회상하며 감회에 젖곤 한다.

우리는 크리스마스에 단둘이 오붓하게 식사를 한 적도 있고, 사람들을 초대하여 즐거운 한때를 같이 보낸 적도 있다.

그러나 우리가 눈 내리는 밤, 유흥가에서 기독교 팸플릿을 나눠주던 일만큼 감회가 깊은 크리스마스는 없는 것 같다.

둘이 함께 기억하는 추억 가운데서도 특히, 그날 밤이 잊히지 않는 것은 두 사람이 마음을 한 데 모아, 다른 사람들을 향하여 우리의 마음을 외치려 했기 때문 아닐까?

둘이서 밖에 나갈 때가 그 어느 때보다도 부부로서 일체가 되는 가장 행복한 시간이 아닌가 싶다.

결혼은
인생의 보물찾기

 "A 녀석 말이야, 맹장이라더라."

"정말이야. 그럼 시험에 별 지장 없을까."

고등학교 학생 둘이서 즐거운 듯 이야기를 나누고 있었다.

"그런데 병이 악화되어 1개월 안에는 퇴원할 수 없나 보더라."

"으응. 그럼, 시험은 내년에 봐야한다는 말이군. 그럼 경쟁자가 한 사람 줄어드는 셈이구나."

버스 안에서 우연히 들은 대화다.

불행한 학생들이라고 생각했다.

그들은 무엇을 추구하며 살아가는 것일까?

인생에서 가장 중요한 것이 우정까지 저버리면서 대학에 입학

해야 하는 것일까?

생존경쟁이라든가, 인생은 전쟁이라고들 말하지만, 나는 이 학생들의 대화에서 아무런 의미도 찾아볼 수 없었다.

내가 카리에스로 모 대학병원에 입원해 있을 때였는데, 학생과 간호사들이 자주 병문안 겸 놀러왔다.

그들 중에 S간호사는 한 남학생을 사랑하고 있었다. 그런데 그 남학생에게는 고향에 사랑하는 여자가 있었는데, 그녀에게서 각혈을 했다는 편지를 받았다.

그 말을 듣자 S간호사의 얼굴에는 어느새 기쁜 빛이 감돌았다. 그러나 다음 순간 그녀는 손을 모으고 기도하기 시작했다.

"하나님, 어서 그 여자의 병을 깨끗이 낫게 해주소서. 그 여자를 위해 진심으로 기도할 수 있는 사랑을 저에게 주소서. 다른 사람의 불행을 기뻐한 저를 용서해주소서."

절실한 그의 기도에서 나는 S간호사의 인간다운 고뇌를 엿볼 수 있어 감사한 마음이 들었다.

"저는 간호사이면서도 그 남자의 연인이 환자가 된 것을 기뻐했단 말이에요."

그 간호사는 오래도록 자기 자신을 책망했다. 여기에는 인생이란 전쟁이 숨어있다. 그런데 이 전쟁에서 이기기만 하면 된다던 간호사의 모습은 이미 사라지고 없었다.

그녀는 싸워야 될 상대를 알고 있었다. 그것은 다른 사람이 아닌 자기 자신임을 깨달았던 것이다.

흔히 '부부는 투쟁의 관계다'라고 극단적으로 말하는 사람들이 있다. 그러므로 이 작은 세계인 가정에서 독불장군이 되기도 하고, 엄처시하가 되기도 한다.

그리고 부부싸움이 격해지면 가정불화로 이어지고, 혹은 질줄 아느냐며 서로를 경계하고 부부라는 인생의 텃밭에 잡초를 가꾸기도 한다.

과연 인생이란 전쟁의 연속일까? 싸우기 위해서 우리는 살아가는 것일까?

나는 무사태평한 사람이기 때문에 시험이라고 하여 머리 싸매고 공부한 적은 없다. 여학교 시절에는 학기말 시험을 앞두고도 영화를 보러갈 정도였으니 말이다.

누군가를 표적 삼아 그 사람에게 지지 않으려고 공부한다는 것은 고식적인 행위이다. 극단적으로 말하면, 그 사람에게 질 경우 자신이 3점, 상대가 1점, 이런 식의 계산으로 손을 들어 항복하게 된다는 편협한 사고다.

그보다도 공부에 정열을 기울이도록 자신의 내면을 기르는 편이 좋다. 학문이란 싸우는 무기가 아니라, 자신을 양육하는 교육현장이다.

누군가와의 사랑싸움에서 졌다든가 이겼다는 말도 조금 이상한 표현이다. 사람에게는 그 사람 나름의 좋은 성향이 있다.

일본요리와 서양요리를 비교해서 어느 쪽이 좋으냐는 질문을 받고, 일본요리가 좋다는 대답을 했다고 해서 서양요리가 나쁘다고 할 수는 없다.

다른 사람이었다면 자기와 같은 쪽을 선택했을지도 모른다. 그런 경우라고 해도 자기가 승리했다고 단정 지을 수도 없다. 그게 정상이 아니겠느냐며 태연히 바라보는 편이 낫지 않을까?

지기 싫어하는 성격 때문에 오기를 부려가며 세상을 살아가기보다는 오히려,

"내가 졌다!"

하고 손을 땅에 대고 머리를 숙이는 상대를 찾아보는 인정은 어떨까? 특히 결혼한 경우라면 남편의 좋은 점을 발견하고,

"어머나, 못 당하겠어요. 당신한테는…"

"어머나, 어쩌면 그렇게 멋진 말씀을 하세요. 당신 참 훌륭한 분이에요."

하며 살아보면 어떨까? 얼마나 즐겁겠는가.

그런 것을,

"흥, 뭐예요. 입만 살아가지구 이러쿵저러쿵 말만 많네요."
라든가,

"어머나, 별일이 다 있네요. 해가 서쪽에서 뜨겠어요."
하고 말해서 상대방 기를 죽인다고 생각해보자. 그게 도대체 뭐
가 즐겁단 말인가? 나로서는 도저히 납득이 가지 않는다.

자기가 선택한 남편 아닌가?

"당신, 정말 이런 분이셨어요. 내가 속았어요."
하는 따위의 말을 했다고 해서 부부사이가 좋아지는 것은 아니
다. 상대를 보는 눈이 없었던 자신을 자책하는 편이 훨씬 좋다고
나는 생각한다.

이는 자만해서 하는 말이 아니다. 나는 남편 앞에 손을 모으고
사과하는 것조차도 싫어하지 않는다.

"아아, 역시 미우라 당신은 훌륭해요. 정말 내 머리가 숙여지
지 않을 수 없어요. 어떻게 이 양반은 이처럼 훌륭하실까?"
하고 생각하는 것은 여자로서 아내로서 참 행복한 일이다.

어떤 사람이라도 단점만 있는 것은 아니다. 악담만 골라 듣는
사람일지라도 좋은 점이 반드시 있게 마련이다.

그리고 그 좋은 점에 주목하면 이상하게도 그 사람이 좋아진

다.

어쨌든 좋은 인생을 보내려면 좋은 반려자가 필요하다. 좋은 결혼이란 좋은 상대를 만나는 일이다. 좋은 상대를 만나는 데는 독신시절의 생활방식이 문제가 될 수 있다.

자기 자신이 유행의 첨단을 걷고 동성끼리의 아름다움을 추구할 때, 눈앞에 나타나는 남성들은 그렇게 신용할 수 있는 상대는 아니다.

인생이란 다른 무엇과 싸우는 것이 아니라, 자기 자신 속에 꿈틀거리는 방자함이나 게으름, 오기, 냉담, 여러 가지 좋지 않은 욕망들과 싸워야 한다는 사실을 깨달을 때, 우리 삶의 내용은 분명 변할 것이다.

그리고 자신이 변했을 때는 어느새, 자신의 현재의 생활태도를 가르쳐줄 남성이 나타날 것이다.

거짓말이 아니다. 나 자신이 변했을 때, 30의 절반도 넘는 세월을 병원 침상에서 보내던 나에게도 그러한 남성이 여럿 나타났었다.

부부는
두 개의 수레바퀴

 얼마 전 자주 가던 단골 미장원에서 아는 사람을 만났다.

"댁 남편은 참 점잖으신 분이죠."

얼굴을 보자마자, 이렇게 말했다.

순간 나는 부드러운 표정을 지으며,

"으응, 그야 뭐…."

하고 고개를 숙이고 말았다. 순간,

"어머나, 조금은 겸손해 하시는군요."

하며 아름다운 눈으로 쏘아본다.

"하지만, 남편이 내 자신은 아니잖아요. 결국은 타인인 걸요. 그래서 저도 칭찬하는 거예요."

내 말에,

"과연, 그렇군요."

하고 그녀도 고개를 끄덕였다.

친구가 갑자기 이혼을 했다.

커플 스웨터를 입고 다니며, 사이가 꽤나 좋아 보이던 부부였는데, 그녀가 말하기를,

"이젠 얼굴도 보기 싫어. 이름조차도 듣고 싶지 않아. 부부란 헤어지면 남보다 더 못한 게 아니겠어."

뭔가 으스스한 이야기였다.

나도 남편 미우라를 타인이라고 생각한다. 타인이란 자기 자신이 아닌 사람을 말한다. 자기와 전혀 다른 인격을 가진 사람을 말하는 것이다.

"당신 친구들이라는 게 전부 술꾼들이어서, 어딘지 칠칠치 못한 사람들뿐인 것 같아요."

기차 안에서 엿들은 어느 부부의 대화다.

"당신처럼 품위 있는 친구는 주위에 없는 것 같아요."

여자의 말에 남편은 불쾌해하는 표정이 역력했다.

함께 앉아있는 아내로 보이는 여자는 남편의 표정은 보지도 않고 계속 말했다.

"어쩌면 그렇게 칠칠치 못한 친구들만 모였어요. 클래식 음악을 듣는다든가 문학에 관해서 이야기하는 사람은 하나도 없었어요."

남편은 눈알을 희번뜩이며 여자를 힐긋 보더니 눈을 감았다. 아내는 귤껍질을 벗기기 시작했다.

"드실래요?"

남편은 대답도 않고 눈을 감은 채로 있었다. 아내는 남편이 졸고 있다고 생각하는지 아무렇지 않은 표정으로 태평하게 감귤을 먹기 시작했다.

악의가 있어서 한 말은 아닐 것이다. 이런 대화는 부부 사이에 가끔은 있을 법도 하다. 그 증거로 아내는 자신이 남편에게 얼마나 큰 상처를 입혔는지는 생각해보지도 않고 어느새 감귤 하나를 다 먹어치웠다.

"우린 부부잖아요. 그런 일 가지구 뭘 그래요, 괜찮아요."

"어머나, 남이 아니잖아요. 좀 지나친 말은 했어도 금세 다시 사이가 좋아지는 게 부부 아녜요."

흔히 들을 수 있는 부부간의 말이다.

그러나 아무리 오랫동안 함께 살아온 부부라도 터부라는 게 있지 않은가?

아무리 부부 사이라지만 해서 좋은 말이 있고, 해서는 안 될 말이 있다.

그 한 예로, 상대방에게 모욕을 주거나 무시하고 멸시하는 태도는 자신의 경박함 때문이 아닌지 되짚어볼 일이다.

최근에 들은 이야기이다.

방탕한 아버지를 모시고 사는 아들이 있었다. 그는 그 일로 늘 아내에게 언짢은 소리를 듣는 처지였다.

어느 날 그의 아내가 남편에게 말했다.

"당신 아버지 같은 방탕한 사람에게서 당신처럼 성실한 사람이 태어났다는 게 믿기지 않아요. 하지만 우리 아이들이 할아버지를 닮지 않으리라 장담할 순 없잖아요. 할아버지를 닮으면 어쩌죠."

남편은 이런 아내의 말에 깊은 상처를 입었다고 한다. 어떤 아버지이든 자기에게는 단 한 분뿐인 아버지이시다. 그런 아버지를 아내가 나쁘게 말하는 것은 참을 수 없는 일이다.

"아들인 내가 아버지를 방탕한 사람이라고 말했다 해도, 거기에는 어쨌든 핏줄, 즉 혈연관계가 있지 않은가. 아무리 방탕한 아버지라도 남들이 나쁘게 말하는 것은 듣기 싫단 말이야. 그 사실을 당신은 모르는 거야."

항상 분명하게 부부는 일체라고 말하면서도 남편, 또는 아내의 부모나 형제들을 나쁘게 말하는 이들이 의외로 많은 것 같다.

어떤 사람은 '부부는 적이라고 생각하라'고 말하기도 한다. 부부라면 남편이 월급을 타 가지고 왔을 때, 조금은 부드럽게 대해 주는 게 당연하지 않은가 하는 생각을 해본다. 그렇지만 적이라고 생각하면 그 한 가지 한 가지가 마음에 깊이 사무칠 것이다.

극단적인 논리인 것 같지만, 사실 인간은 그런 냉엄한 논리로 인간을 상대할 때도 있다.

어느 상대보다도 강한 적은 자기 자신이라고 할 수 있다. 자신을 불행하게 만드는 것도 바로 자기 자신이며, 그 강적에게 져서 자기 자신을 멸망에 이르게 하는 것도 자기 자신이다. 이런 사람이 많은 것이 이 세상 삶의 불행한 그림자이다.

그 같은 아픔은 그만 제쳐놓고, 나는 구약성서 창세기에,

'아담에게서 취하신 그 갈빗대로 여자를 만드시고'(창 2:22) 하신 말씀을 좋아한다.

내가 정말 사랑하는 미우라의 갈빗대로 만들어진 것 같은 감동에 사로잡힐 때 부부로서 행복을 느낀다.

그리고 같은 구약성서의 창세기에,

'아내와 연합하여 둘이 한 몸을 이룰 지로다.'(창세기 2:24)

하신 말씀은 사실이라고 생각한다.

한 몸이란 글자 그대로 부부는 하나의 몸이다. 그의 고통은 나의 고통이 되고, 그의 기쁨은 나의 기쁨이 된다. 그의 노여움은 곧 나의 노여움이요. 그의 희망 또한 나의 희망인 것이다.

이렇게 맺어진 한 몸이라면 상대방의 부모를 헐뜯는다든지 상대방의 친구를 비웃는 따위의 일은 하지 못할 것이다.

상대방의 작은 고통까지도 함께 하고 해결할 수 있다면 얼마나 바람직하고 좋은 일인가?

그러나 자기중심으로 살아갈 수 없는 나에게는 이와 같은 완전한 한 몸은 없다.

빈약한 상상력이긴 하지만 적어도 상대방의 입장에서 생각하고 이해하려는 것뿐이다. 그러므로,

"부부란 타인이에요."

라고 씁쓸하게 말하는 것이다.

나 자신과 그와는 전혀 다른 사람이라는 사실에 철저하지 못하면 부부의 관계가 서투르거나 예의가 없어져 참된 사랑이 무르익을 수 없다고 나는 생각한다.

긴 머리를
애무할 때

"선생님 두 분도 부부싸움을 할 때가 있습니까?"

가끔 주위 사람들로부터 이런 질문을 받는다.

우리가 살고 있는 토요오카쵸豊岡町とよおかちょう는 홋카이도北海道ほっかいどう 아사히카와旭川あさひかわ 시市 가운데서도 눈이 비교적 빨리 녹는 지역이다.

어떤 친구는 말하기를,

"미우라 부부가 살고 있는 곳이잖아. 두 사람 사이가 뜨거워서 눈도 빨리 녹을 거야."

그런데 뜨겁다는 말은 무엇을 연상케 할까? 어쩌면 섹스를 연상케 하기도 하는데, 그게 과연 무엇일까?

나는 폐결핵과 카리에스로 13년 동안 병상에 누워있었다. 그 동안 간이 나빠지기도 하고, 장결핵, 복막염 등을 앓아서 몸은 아직도 건강한 편이 결코 못 된다. 그런 나를 알게 된 미우라는 5년을 기다렸다가 결혼했다.

그러나 그도 신장결핵으로 한 쪽 신장을 적출했고, 나머지 한 쪽 신장도 나빠져서 지금 살아있는 것이 기적처럼 느껴지는 몸이다.

그래서 우리는 항상 피곤에 절어있고 늘 어깨가 뻐근하고 배가 아픈 증상이 이어지는 형편이다. 그래서 우리는 그때그때의 신체조건에 따라 서로의 몸에 서로의 손을 대도록 하고 있다.

어떤 이유인지 알 수 없지만, 이렇게 함으로써 피로가 회복되기도 하고 아픈 통증이 가라앉기도 한다. 누구든 아픈 곳에 자연히 손이 가게 마련인데, '손쓴다'는 말은 이를 가리키는 걸까?

어쨌든 그런 이유로, 주일날 교회에서 예수님에 관한 설교 말씀을 들을 때는 물론, 집에 손님이 와 있을 때도 몸이 아프면 서로가 상대방의 몸에 손을 대고 있는 형국이다.

이런 형편을 모르는 사람들은 남들 앞에서까지 잠시도 떨어져 있지 못하고 애정 행각을 벌이는 우스운 부부라고 볼지 모르겠다.

물론 우리 부부 사이는 분명히 좋다. 그러나 육체적인 교접은 거의 없다고 하면 거짓말이라고 할 것이다.

흔히들 말하는 뜨거운 관계는 결코 아니다.

그러므로 성생활이 결혼생활의 가장 중요한 요소인 것처럼 씌어있는 것을 보면 나는 정말일까 하고 고개를 갸우뚱거린다.

다른 부부들은 어떤지 모르지만, 우리는 성생활이 부부생활의 열쇠라고는 생각하지 않는다.

내가 존경하는 부부 상은 타카무라 코타로高村光太郎たかむらこうたろう, 치에코智惠子ちえこ 부부와 무명인사지만 아사히카와에 살고 있는 크리스천 시라하라 지로白原二郎しらはらじろう, 야스요保代やすよ 부부이다.

타카무라 부부는 모두가 잘 알고 계시듯 부인 치에코의 정신분열증 때문에 입원하여 별거하지 않으면 안 되었다. 부부의 훌륭한 표상이 될 이들의 사랑의 모습은 유명한 시집「치에코쇼智惠子抄ちえこしょう13)」에 씌어있어 누구나 다 잘 아는 바다.

시라하라 부부는 세상에 잘 알려져 있지는 않지만, 이 부부를 아는 사람들은 이 부부를 통해 얼마나 큰 힘을 얻고 얼마나 큰

___

13) 타카무라 코타로高村光太郎의 시집, 타계한 부인 치에코智惠子와의 만남부터 연애, 결혼, 사별까지를 서정적으로 노래함.

격려를 받는지 모른다.

결혼 후 2개월 만에 부인은 카리에스가 발병한 데다 증세가 심해 불구나 다름없는 몸이 되었다. 그래서 22세부터 50세로 일생을 마칠 때까지 30년 가까운 세월을 거의 누워서 살았다.

공무원인 남편은 하루 세 끼의 식사준비를 비롯하여, 청소, 빨래, 간병을 무려 30년 가까이 계속했던 것이다.

이 가정은 실로 명랑하고 밝았으며 부부 사이는 기가 막힐 정도로 좋았다. 물론 남편이 바람 피운 일은 한 번도 없었다.

오래 병상에 누워있으면서도 부인은 명랑한 미소와 부드러운 말씨를 잃지 않았고, 남편은 월급봉투에 손도 대지 않은 채 아내에게 건네주었는데, 그것을 보는 것만으로도 마음이 흐뭇해지고 사랑이 담뿍 담기는 장면이었다.

부인은 남편에게 태양과 같은 존재이고, 남편 또한 부인에게 샘물과 같은 존재이기 때문에 이들 부부는 병환 중에 있으면서도 이혼 따위는 생각도 하지 않았던 게 아닐까?

이상의 두 부부에게 공통된 첫째 사실은 성생활이 없었던 기간이 수 년, 또는 수십 년이나 계속되었다는 점이고, 둘째는 참 사이가 좋은 부부였다는 것이다.

결국 이 두 부부에게 성생활이 치명상이 되지 않았다는 사실이다. 그럼 이 두 부부는 무엇으로 이렇게 든든하게 삶의 인연이 맺어질 수 있었던가 생각해보자.

이들에게 가장 중요한 공통점이라고 생각되는 것은 공통된 삶의 목적이 있었다는 사실이다.

코타로 부부는 둘 다 예술을 사랑한다. 치에코는 코타로의 생명이기도 한 예술을 얼마나 깊이 사랑하며 살아왔는지, 거기에 희망이 있었을 것이다.

그녀는 정신분열증으로 거의 미치광이가 되어서도 미美를 사랑하는 것만은 포기하지 않았다. 그러한 사실은 정신병원 침상에서 손수 만들어낸 훌륭한 절지 세공切紙細工きりかみざい〈14)에 여실히 나타나 있다. 그것은 그녀의 삶이자 결실이기도 했다.

한편 시라하라 부부에게는 똑같이 하나님을 믿는 경건한 생활이 자리 잡고 있었다.

이들 두 부부가 살아가는 목적이 똑같았다는 것이 과연 우연이었을까? 어쨌든 현실적으로 부부로서는 악조건 속에서 살아왔다. 그럼에도 불구하고 신앙으로 힘 있게 맺어져 있었던 것이다.

여기서 우리는 부부의 참된 생활 태도를 배울 수 있으리라

---

14) 종이 오리기 공예

진정 자신이 살아가는 삶의 뜻을 함께 공감하며 살아갈 상대가 남편이나 아내라면, 그것은 무어라 표현할 수 없는 훌륭한 관계이리라.

서로의 삶을 공감할 수 있는 곳이 침실밖에 없는 부부라면, 너무 쓸쓸하고 공허한 생활이 아닐까 생각해본다.

제4부

부부는 아픔으로 크는 나무

물이 되어
만나듯이

얼마 전 평론가 사코 준이치로佐古純一郎さこじゅんいちろう 선생이 강연 중에 이런 말씀을 하셨다.

"제 아내가 '당신은 나를 사랑하고 있습니까?' 하고 물었습니다. 그래서 저는 '그럼, 사랑하구말구' 하고 대답해주었습니다. 그러자 아내는 다시 한 번, '당신은 정말 저를 사랑하시는 거예요?' 하고 물었습니다. 이렇게 되니 저는 조금 곤란해졌습니다. '정말 사랑한다'는 것은 도대체 어떤 것을 두고 하는 말일까? '정말'이라는 말이 붙자, 내 양심은 사랑한다고 대답할 수 없게 되더군요."

나는 '과연 그렇구나' 하고 생각했다. 선생은 계속해서 말했다.

"정말 사랑한다는 것은 자기가 제일 소중하게 생각하는 것까지 상대에게 아낌없이 주는 것이 아니겠습니까? 나에게 가장 소중한 것은 생명이기 때문에 아내에게 내 생명을 바쳐도 아쉬움이 없을 지경에 이르지 않으면 정말로 사랑하는 게 아닙니다."

나는 집에 돌아와 지체 없이 남편에게 물어보았다.

"미코 씨, 당신 정말 나를 사랑하세요?"

"아암, 정말 사랑하구말구."

남편은 주저하지 않고 대답했다.

남편도 사코 선생의 강연을 함께 들었으므로, 결국, '정말로 사랑한다'는 것은 생명을 바쳐도 아쉬울 것이 없다고 하는 말이다. 그러므로,

'이 거짓말쟁이.'

하고 생각할 사람이 있을지도 모른다. 하지만, 그의 아내인 나는,

'역시 미코야.'

하고 분별없이 웃고 말았다.

그러나 이 미코 씨도 사과가 두 개 있으면 반드시 먹음직하고 큰 것을 골라 지체 없이 자기가 먹겠지 하는 생각을 해본다.

사과 두 개 아내가 들고 오면

으레 큰 것은 내가 갖고

　　　　　　　　　　　　　　― 미츠요

　이 노래는 남편의 시가인데, 이미 자기 스스로 떳떳하지 않게 여기고 있으니 용서해주자.

　실제로 우리 인간은 아무 일 없이 태평할 때에는, '당신을 위해서라면 목숨도 아깝지 않다.'고 사랑을 속삭일 수도 있을 것이다. 그것은 달콤하게 사랑을 속삭이는 당사자들이라면 오로지 입으로만 하는 말은 아닐 것이다. 정말 몸도 마음도 상대방에게 다 바쳐도 후회하지 않겠다는 그 심정에는 일말의 거짓도 없을 것이다.

　그러나 한창 사랑을 속삭이고 있는데, 뒤에서 험상궂은 3인조 건달이 불쑥 얼굴을 디밀고, '즐거운 자리에 실례해서 죄송합니다.'하면서 번뜩이는 칼을 내보이면서 위협해 온다면, 과연 어떻게 할까?

　기습 당한 아베크족에 관한 기사를 신문지상을 통해 가끔 보긴 했는데, 한쪽만 겨우 도망쳐 목숨을 건지는 것으로 위기를 모면하고 있었다.

　분명 기습을 받기 전까지는, 만약 이 자리에 나쁜 녀석들이 오더라도 자기가 사랑하는 사람을 위해서 결연히 대결하겠다는 정도의 마음은 가지고 있었을 것이다. 그런 마음에 거짓이나 가장은 없을 것이다.

그러나 일단 그것이 현실이 되고 보면, 사랑하는 사람을 남겨두고 자기 혼자만 살겠다고 도망친다. 그것이 우리 인간의 참모습 아닐까?

아니면 그런 큰일을 당하거나, 우리 생활 속에서 그런 큰일을 직접 겪어보지 못해서 그럴까?

예를 들어 남편과 둘이 사이좋게 산책할 때, 건너편에서 개가 뛰어나오면 나는 재빨리 남편 뒤에 숨어버릴 것이다.

왜냐하면 나는 초등학교 시절 우유배달을 하다가 큰 개에게 물린 후로는 개가 너무 무서웠다.

무섭다는 것은 개가 물어뜯지 않을까 염려하는 것이고, 남편 뒤에 숨는다는 것은 무슨 뜻일까? 자기만 개에게 물리지 않으면 된다는 강한 에고이스트egoist적인 마음 때문이 아닐까?

그리고 또 나는 초밥을 무서워한다. 싫어하지는 않지만, 한번 체한 뒤부터 날 음식은 거의 입에 대지 않는다. 문어도 오징어도 게도 성게도 가리비도 넙치도 다랑어도 입에 대지 않는다.

음식점에 가면 오므라이스나 카레라이스를 즐겨 먹는다. 그러나 남편은 초밥을 가장 좋아하기 때문에 거의 초밥만 먹는다.

"1인분으로 되겠어요? 2인분을 시키세요."

나는 상냥하게 말한다. 그때 누군가가,

"당신이 체할까 겁이 나서 못 먹는다면, 남편도 체할지 모르는 두려운 음식 아니겠어요. 그런데 어떻게 2인분이나 시켜요." 라고 말한다면, 나는 뭐라고 대답할까? 그럼에도 나는 남편을 말로 표현할 수 없이 사랑하고 있다. 남편이 크고 빨간 사과를 자기가 먹는다고 해도,

"정말 사랑해요."
하고 거침없이 대답할 것이다.

입으로는 사랑한다고 말하지만, 이러한 자기중심적인 모습이 우리 인간들의 참모습 아닐까?

우리는 사랑한다고 말은 하지만, 엄밀한 의미에서 결국 진정으로 사랑할 수는 없는 게 인간의 본성이 아니겠느냐고 감히 생각해본다.

수레바퀴는
둘이다

수년 전에 열흘쯤 체류예정으로 상경했을 때의 일이다.

내 시중을 들기 위해 남편은 물론 시숙까지 동행한 장거리 여행이었다.

꽉 짜인 스케줄에 일정이 금세 지나간 마지막 날 밤, 우리는 겨우 자유 시간을 가지고 아사쿠사浅草あさくさ를 구경하기 위해 거리로 나섰다.

도쿄의 지리를 잘 아는 시숙을 따라 유명한 카미나리몽雷門かみなりもん과 모리이바盛井場もりぃば 등을 어정거리며 돌아다녔고, 한번쯤 들여다본 적이 있을 법한 요세寄席よせ15)에도

---

15) 사람들을 모아 재담 만담 야담 등을 들려주고 돈을 받는 대중연예장

들어가 보았다.

　그곳을 빠져나와 밖으로 나왔을 때 이미 해가 진 거리 모퉁이에는 미즈타니 야에코水谷八重子みずたにやえこ16)와 에노켄榎健17) 등 네댓 장의 초상화를 걸어놓은 옆에 베레모를 쓴 중년 남자가 담배를 꼬나 물고 서 있었다.

　벽보에는 '1매, 7분, 200엔'이라는 안내문이 적혀있었다.

　잠깐 멈춰 서서 그림을 보다가 우리는 바로 걸음을 옮겼다. 그런데 남편 미우라가 뒤에서 소리를 질렀다.

　"아야코, 기념으로 한 장 그려두는 게 어때?"

　나는 뭐든지 재미있게 생각하는 성질이기 때문에 곧 화가 앞에 섰다. 화가가 가로등 밑에 나를 세우고 종이로 눈을 돌리자, 어느새 지나가던 사람들이 줄을 지어 모여들었다.

　남편도 시숙도 싱글벙글 웃으면서 내 얼굴을 쳐다보기도 하고 그림 그리는 것을 들여다보기도 했다. 시숙이,

　"제수씨 얼굴은 특징이 있는 얼굴이기 때문에 그리기가 쉬울

---

16) 여배우. 도쿄 출생. 본명 마츠노 야에코松野八重子. 대표적인 신파극 여배우. 하나야기쇼타로花柳章太郎はなやぎしょうたろう 사후 신파극의 지도자가 됨. 주요작품으로는 '대위의 딸' '로쿠메이칸鹿鳴館시대ろくめいかんじだい' 등이 있음.

17) 에노모토켄이치榎本健一えのもとけんいちの 줄임말. 희극배우. 도쿄 출생. 아사쿠사 오페라 출신으로 에노켄이라는 애칭으로 인기를 누림. 좌중을 압도하는 무대출연을 하는 한편 영화에서도 활약.

거야."

라고 말하자,

"아녜요, 그렇지 않습니다. 그리기 쉬운 얼굴은 결코 아닙니다. 이 얼굴은….'

하고 화가가 대답했다. 그리기 쉬운지 어려운지는 모델인 나는 그림을 보지 못해 알 수가 없었다.

나는 나대로 모여드는 행인들의 얼굴을 재미있게 바라보았다.

대부분 남성들이었는데, 재미있는 것은 나와 시선이 마주치면 바로 눈을 피하는 것이었다. 개중에는 사람들 뒤로 얼굴을 감추는 이도 있었다.

도쿄 사람들은 의외로 순진하구나 싶기도 하고, 아니야, 아사쿠사에 구경 온 우리와 같은 시골 사람들 아닐까 생각하면서 차례차례 나를 바라보는 남자들을 마주 쳐다보았다.

간판에 써놓은 7분은 이미 지난 것 같은데 화가는 아직도 열심히 콩테18)를 움직이고 있었다. 역시 그리기 쉬운 얼굴은 아닌 모양이다.

그런데 화가는 무슨 생각을 했는지 손을 움직이면서 떠들어대기 시작했다.

18) conté 데생용 크레용의 일종

"당신은 좀체 어른이 될 수 없겠군요. 어딘가 어린아이 같은 데가 아직 남아있어요. 성숙해지고 싶지 않은 마음이 있나보죠. 프랑스 문학책 따위나 읽는 문학소녀처럼 꿈을 추구하며 살아가시는군요. 그건 훌륭한 생활태도입니다. 당신은 그것으로 만족한 삶을 살고 있는 행복한 분이군요. 인간이란 육체생활이 전부가 아니기 때문에 정신적으로도 건강한 삶을 살아야죠."

그러자 둘러서 있는 구경꾼들의 원이 허물어졌다. 그림을 얼추 다 그린 모양이다.

"저는 초상화를 잘 그리진 못합니다. 그러나 저는 당신을 이렇게 보았어요. 그래서 내가 본 당신을 이런 정도로 그렸습니다. 자, 이것으로 너그럽게 봐주십시오."
라고 말하고 내게 그림을 내밀었다. 그림은 독일 미녀처럼 그려져 있어 확실히 나와 비슷하지는 않았다.

하지만 나와는 한 마디도 나누지 않았는데, 단지 내 얼굴만 보고, '훌륭한 생활태도라는 말은 별도로 하고', 내 특징의 대부분을 잘라 말하는 그의 통찰력에 내심 놀랐다.

나는 정말로 성숙하지 못한 어린아이와 같은 데가 있고, 프랑스의 모리악 문학을 좋아하며, 끊임없이 꿈만 좇고 있다. 그리고 소위 말하는 육체생활이나 섹슈얼한 생활과는 거리가 멀다. 그렇지만 행복감에 차 있는 인간이다.

분명히 화가가 말한 그대로다. 혹시 세상에 드러내지 않은 숨은 재능을 가진 사람인지도 모른다고 생각하며, 나는 다시 한 번 그의 얼굴을 보았다. 눈이 어린아이처럼 해맑아 보였다.

화가 앞으로 약 5미터쯤 다가갔을 때, 시숙이,

"자, 이름을 말씀하세요."

라고 했다.

그 무렵은 소설 『빙점』의 연재가 거의 막바지에 이르렀을 때였다. 내 이름이야 모르겠지 하고 생각했는데, 막상 인사를 했더니 그 화가는 놀라며,

"아이쿠, 이거 실례했습니다."

라고 감탄하며 말했다.

인간의 외모를 볼 줄 아는 사람이면 말 한 마디 나누지 않아도 이렇게까지 사람의 내면을 독파할 수 있는 것일까?

물론 나는 소설을 좋아하므로 인간에 대한 관심과 흥미를 가지고는 있지만, 얼굴만 보고 프랑스 문학을 좋아하는지 어떤지 알아맞힐 재주는 결코 없다.

인간의 용모가 아무리 아름답고 우아해도, 그의 취미까지 반드시 우아하다고는 말할 수 없다. 미소 짓는 얼굴은 사랑스러워

도 내면은 섬뜩할 정도로 차가운 사람도 있다.

또 얼핏 보아서는 왠지 마땅찮고 험상궂어 보이는 사람도 의외로 마음이 곱고 부드러운 사람도 있다.

그리고 상대방을 얼마만큼 알 수 있느냐 하는 문제는 두세 차례 만나서 대화를 나누는 정도로는 알 수 없는 비밀이 많은 세계이다.

처음부터 마음 밑바닥까지 속속들이 드러내는 사람은 그리 많지 않다. 그럼에도 우리는 얼굴이 아름다운 사람이나 말씨가 부드러운 사람에게 마음을 빼앗기는 어리석음을 범한다.

그렇긴 하지만 아사쿠사 거리의 화가는 어디서 사람의 마음을 읽는 독심술을 배웠을까?

나는 그의 과거 가운데 수많은 고통과 눈물이 있었을 것 같은 느낌을 지울 수 없으리라는 생각을 거듭해본다.

마음의 틈을
메우는 것은

나의 소설 ≪이도井戸いど : 우물≫은 원고지 50매 분량의 단편이지만, 평론가와 편집자들로부터 『빙점』 이상의 작품이라는 호평을 받았다. 이것은 소설에 등장하는 인물이 재미있는 여성이기 때문인지도 모른다.

이 소설은 지난날 나와 함께 초등학교 교사로 재직하던 카요加代かよ 씨의 아내에 대한 이야기를 쓴 것이다.

그녀의 부모님은 모두 결핵으로 돌아가시고 그녀는 혼자였다. 그것이 당초 '카요의 니힐리즘'을 낳은 원인이 된 것 같다.

카요는 결혼하여 두 아이를 낳았다. 아이들은 명랑하고 솔직하며 성적도 좋았다. 그녀는 사친회의 임원이기도 했다.

남편은 공원 20명 정도를 거느린 건축공구회사를 경영하고 있었는데, 20년 만에 우연히 만난 그녀의 집에서 하룻밤 묵었다.

그녀는 20년 만에 만난 나를 밤 열 시까지 내버려두고, 남편의 운전면허시험을 위한 공부를 도와주는 것이었다.

겉보기에는 경제적으로도 부유하고 밝은 행복한 가정이었다. 그러나 그로부터 얼마 지나지 않아 나는 그녀가 죽었다는 것을 알았다. 원인은 이웃집 중학생에게 찔린 것이다.

그녀에게는 애인이 셋이나 있었고, 이웃집 중학생 역시 그녀의 애인이었다.

그런데 그녀가 죽었는데도 남편은 그런 사실을 모르고 있었다. "그렇게 귀여워했는데, 어떻게 아내를 찔러 죽였을까?" 하고 탄식했다. 물론 아내에게 애인이 셋이나 있었다는 사실도 알지 못했다.

나는 카요 씨네 집에 묵을 때, 우연히 그녀의 정사를 목격했고, 그녀의 입을 통해 애인이 셋이나 된다는 사실도 알았다.

그녀는 중학생과 고등학생 딸아이 둘을 두었는데, 두 아이 모두 그녀를 '이상적인 어머니'라고 확신하고 있는 터였다.

그녀는 아이들을 꾸짖는 일이 한 번도 없었다. 언제나 친구처럼 대화하고, 아이들 역시 집안일을 돕는 데 적극적이었다. 집안에 흐트러진 분위기는 조금도 없었고, 카요 자신도 실로 흡족해하고 원만한 인상을 풍겼다.

이상의 여러 면을 고려해 적당히 픽션으로 바꾸어 쓰긴 했지만, 이 카요의 가정을 생각하면 나는 참 어이없다는 생각이 든다. 한 지붕 밑에 살면서 남편도 아이들도, 아내 또는 엄마의 참모습을 전혀 몰랐다는 것이 도대체 이해가 되지 않는다.

과연 인간이란 알 수 없는 비열한 존재일까? 아침저녁으로 나누는 대화도 밝고 즐거웠으며, 그의 표정에 어두운 그림자도 없어, 그녀의 참모습을 몰랐다는 이유로 남편이나 딸들을 꾸짖을 수는 없을 것이다.

말이나 표정은 아주 부드럽고 따뜻하게 하면서 그 가족을 계속 속여 온 사실을 안 남편 카요의 심경은 과연 어떨까? 그녀는 정말 이상적인 아내였고, 이상적인 어머니였을까?

어쨌든 그녀 자신에게는 결코 즐거운 하루하루가 아니었던 것 같다. 뛰어난 감수성을 지니고 있던 그녀를 충족시켜 줄 수 없었던 것이 무엇인지 나는 알 것 같다.

글자도 제대로 읽지 못하고, 소설 같은 것도 읽어본 일이 없는 남편과의 생활 속에서 그녀는 우울한 하루하루를 부정한 정사를 즐기며 거기서 위안을 받으며 살아왔으리라.

요즘 흔히, '인간 증발'이라는 말을 곧잘 한다.

남편이 어느 날 갑자기 가정과 직장을 버리고 모습을 감춰버린다. 그런 경우, 가족들이 하는 말은 대체로,

"전혀 짐작이 가지 않는다."

는 것이다.

아무런 이유도 없이 가장 사랑해야 할 아내와 자식을 버리고, 직장을 버리고 홀연히 사라지는 인간이 있을까?

증발한 남편이나 아내는 그날까지 참을 수 있는 한 혼자서 참아온 무언가가 있으리라. 필사적으로 참으면서도 그것을 누구에게도 말하지 못하고 살아간다는 것은 너무 적적하고 쓸쓸한 모습 아닌가?

더구나 혼자서 고뇌해온 생각들을 평생의 반려인 상대는 아무것도 모른다는 사실에 우리는 동정보다 분노를 느낀다.

"그렇게 명랑하던 그가 가출하리라곤 생각도 못했어요."

말할 수 없을 만큼 고민하다가 증발한 사람의 마음과는 전혀 다른 각도에서 그에 대한 말을 이렇게 하는 것이다. 이건 도대체 어떤 이유 때문일까?

나는 즐기운 듯 노래 부르는 남편의 얼굴을 바라보면서 마음속으로 오싹해지는 때가 있다. 내 입장에서 보면, 아무리 행복해

보이고 얌전한 남편의 마음속에도 무언가가 숨기고 있을지 모른 다고 생각하니 오싹해지는 것이다.

"아야코, 이 비누 뭐야. 끈적끈적해서 좋지 않은데."

어느 날 남편이 손을 씻으면서 이렇게 말한 적이 있다.

"어머, 그래요, 전 그런 거 못 느꼈는데요."

태어나면서부터 태평한 성격인 나는 이렇게 대답했다.

한편 대답하는 순간 얼핏 든 느낌은, 이 신경이 예민하고 섬세 하며 치밀한 남편은 내가 느끼지 못하는 여러 가지에 대해 불쾌 하거나 불편을 느끼지 않을까 하는 것이었다.

그것이 단순히 비누가 끈적끈적하다는 것만이라면 그냥저냥 넘어갈 수 있겠지만, 내가 무심코 한 말이나 태도 가운데서 참고 넘어갈 수 없는 못마땅한 것들이 있다면, 남편의 하루하루의 생 활은 얼마나 불쾌하고 지옥이겠는가 생각해보지 않을 수 없었 다.

내 남편이니까, 내 아내니까, 이 사람의 성품은 하찮은 구석구 석까지 알고 있다고 생각하는 것은 애초부터 잘못된 생각 아닐 까?

마음속까지 속속들이 알고 있는 부부지간이라도 사람의 마음 속 깊숙이 내재해 있는 것을 보다 깊이 간파해야 한다고 뒤늦게

나마 생각할 때가 있다.

인간이란 참으로 고독하고 쓸쓸한 존재다. 그런 고독한 인간들을 가까이 밀착시키는 것은 역시 하나님의 사랑 외에 달리 아무것도 없다고 생각해본다.

사랑이란
굴레

 한 부인에 관한 이야기이다.

이 이야기에는 언젠가는 소설로 쓰고 싶은 내용이 담겨있다.

그녀의 이름을 다미코 씨라고 하자.

다미코 씨는 결코 미인은 아니다. 그러나 늘 미소를 잃지 않는 상냥한 여인이다.

그녀는 음식점을 하는 집안의 딸이었는데, 우연한 일로 야마다라는 남자를 알게 되었다. 야마다는 배우라고 해도 될 만큼 미남에 머리도 좋고 인사성도 밝았다. 그래서 만나는 여성마다 야마다의 사랑의 포로가 될 정도였다. 그렇기 때문에 이 마음씨 곱고 상냥한 다미코 씨도 금세 마음을 빼앗기고 말았다.

야마다에게는 애인이 따로 있었다. 그러나 다미코 씨와의 사이에 아이가 생기고 말았다. 2차 대전 전의 일이었기 때문에 간단히 낙태시킬 수도 없어 야마다는 하는 수 없이 다미코 씨와 결혼했다.

두 사람의 사이가 원만하지 못함은 물론, 야마다의 애인은 미모에 재능도 겸비했다. 그런데 사랑하지도 않는 다미코 씨에게 남자를 빼앗겼기 때문에 그 억울함이란 이루 말할 수 없었다. 그녀는 꽃꽂이 전문가로 상당한 유명세를 떨치고 있었다.

드디어 야마다는 도내都內 굴지의 큰 회사 과장이 되었다. 회사 일로 야마다가 화류계에 모습을 나타내지 않는 밤은 거의 없었다.

더구나 능숙하게 하우타端唄はうた19)를 부르기도 하고, 마작, 화투, 주먹세계에서도 남들을 훨씬 능가했으며, 여자들과 노는 솜씨도 아주 능란했다. 그는 드디어 기생들하고도 어울리며 화류계에 두각을 나타냈다.

야마다의 부모는 오랜 가풍을 고수하는 엄격한 성격이기 때문에 아무리 회사일이라도 매일 밤늦게 돌아오는 아들을 결코 좋

---

19) 샤미센三味線しゃみせん에 맞추어 부르는 짧은 속요로 일본 근세가요의 일종

게 대하지 않았다.

사실 야마다도 부모에게는 고개를 들 수 없었다. 그것을 보고 다미코 씨는 자신들이 거처하는 별채의 툇마루 문 하나는 항상 열어놓았다. 남편 야마다가 한밤중에 돌아오더라도 소리를 내지 않고 조용히 방 안으로 들어올 수 있도록 하기 위해서였다.

야마다는 그 덕분에 부모님이 잠자리에 든 깊은 밤에도 식구들을 깨우지 않고 집 안으로 들어올 수 있었다.

한편 야마다의 첫 애인은 출세한 야마다와 다시 만났고, 야마다는 회사 일을 핑계 대며 그녀와 지내는 밤이 점차 늘었다.

물론 부모님이 엄하시기 때문에 애인의 집에서 묵을 수는 없었다. 하지만 귀가시간은 점점 늦어졌고, 새벽 2시가 지나서 귀가하는 경우도 종종 있었다.

마침내 다미코 씨는 남편이 옛 애인과 만난다는 사실을 알게 되었다.

'내일 또 오세요. 꼭이요.'

하는 편지나 여성용 손수건, 루주가 선명하게 묻은 와이셔츠 등이 여봐라는 듯 다미코 씨의 눈에 들어왔기 때문이다.

그러나 다미코 씨는 아무 말도 하지 않았다. 이유는 남편이 진정으로 사랑하는 사람이 그 여성임을 이미 알고 있었기 때문이다.

야마다가 자신과 결혼한 것은 아이가 생겼기 때문이며, 고매한 가풍을 지키려는 야마다 양친의 배려로 하는 수 없이 부부가 된 것도 잘 알고 있었다. 그럼에도 다미코 씨는 남편 야마다를 깊이 사랑했다.

그러므로 남편이 그의 애인을 사랑하는 마음도 이해했다. 자신이 있는 한 남편은 그 연인과 결혼할 수 없다는 점을 오히려 미안하게 생각했다.

그런 이유로 야마다가 그의 애인과 놀다가 늦게 돌아오는 밤에도 툇마루 문을 열어놓고 기다렸던 것이다. 그리고 사발시계는 언제나 바깥쪽으로 향하게 놓아두었다.

늦게 귀가한 야마다가 밤 두 시나 세 시를 가리키고 있는 시계를 보고 자기에게 미안하게 생각하지 않을까 하고 마음을 쓴 것이다.

드디어 야마다는 회사의 발전을 위해 카라후토樺太からふと[20]의 지점장으로 전임했다. 야마다가 사할린에 가고 난 후에야 그 여자에게 아이가 있다는 사실을 알았다. 야마다의 애인에게서 아이를 데리고 사할린에 오겠다는 편지가 왔다.

---

20) 지금의 사할린

그 편지를 발견하고 다미코 씨는 슬펐지만 아무 말도 하지 않았다. 자기의 뱃속에 아이를 가졌다는 사실을 알았을 때, 그 여자의 고통이 어떠했을지 다미코 씨는 알 것 같았다. 그렇기 때문에 야마다의 애인이 찾아오겠다고 한 그날 다미코 씨는 추위를 무릅쓰고 역으로 마중을 나갔다.

그런데 바닷길이 거칠어서 그랬을까? 예정시간에 남편의 애인은 도착하지 않았다. 낯선 곳에 와서 집을 찾는 것이 큰일이겠지 싶어, 다미코 씨는 열차가 도착할 시간마다 역에 나갔다.

그러나 그날은 끝내 오지 않았다. 이튿날도 그녀는 아침부터 역으로 마중 나갔다. 역에 몇 번을 나갔으나 여자는 오지 않았다. 다음 날, 또 다음 날, 다미코 씨는 일주일 동안이나 계속 추운 사할린의 한겨울날 역까지 오갔다.

마침내 야마다의 아이를 데리고 여자가 찾아왔다. 다미코 씨는 원래 건강한 편이 아니었기 때문에 추운 겨울날을 일주일 동안 역에 마중하러 오가다가 감기에 걸렸는데, 그게 원인이 되어 폐결핵으로 발전되었다.

혹한의 사할린에서는 무리라고 하여 다미코 씨는 홋카이도의 한 병원에 입원했다. 파스도 스트렙토마이신도 없던 시절이었다. 다미코 씨는 점점 야위어갔다.

남편과도 아이들과도 떨어져있는 다미코 씨를 위로할 사람은 아무도 없었다. 그녀는 병원 생활 3년이 되어갈 무렵 결국 병원 침상에서 죽고 말았다.

말할 수 없이 가련한 일생이었다고 생각하며, 나는 그녀를 위해 통곡했다. 그리고 친한 친구에게 이야기했더니 뜻밖에도 그녀는 다미코 씨를 나보다도 훨씬 더 잘 알고 있었다.

"저 말예요, 다미코 씨 죽을 때, 어떤 생각으로 죽었을 것 같아요? 그 분은 이미 야마다 씨도 그의 애인도 모두 용서하고 원망하는 기색은 조금도 보이지 않았어요. 다미코 씨의 삼촌이 너무나 친절하게 문병해 주었어요. 그 후 야마다 씨는 회사의 명령으로 만주로 전임되어 가고, 의지할 사람조차 없었어요. 그래서 그 삼촌을 좋아하게 되었던 것 같아요. 자기는 다른 사람의 아내인데, 이 삼촌을 좋아하게 되었다고 몹시 괴로워했어요."

이 친구의 이야기를 들었을 때, 무어라 말할 수 없는 위로를 받았고 마음이 따끔했다.

이들의 생활태도는 여러 면에서 문제가 있긴 하지만, 오늘날의 사회에 결여된 무엇인가가 있음이 느껴졌다.

꿈이 피어나는
잠의 뜰 안에서

나는 꿈을 잘 꾸는 편이다. 세상에 대해 눈을 뜨기 시작한 대여섯 살 때부터 하룻밤도 빼놓지 않고 꿈을 꾸었다. 게다가 대부분의 꿈이 선명하게 기억에 남아있는데, 그게 기묘한 꿈들 뿐이다.

예를 들면 말이 란도셀 ransel[21]을 등에 지고 일렬로 걸어가는 꿈이라든가, 큰 연어가 푸른 강에서 제방 둑으로 뛰어오르다가 다시 강으로 들어가는 꿈에 이르기까지, 모두가 한결같이 아름다운 천연색이다.

이런 꿈은 미련도 없지만 부담도 없다. 어떤 때는 연애하는

---

21) 등에 메는 초등학생용 책가방

꿈까지 꾼다. 상대가 사진으로 본 쇼팽이었는데, 그럴 때면 나는 즐거워서 일기에 그 꿈의 내용을 적어둔다.

남편의 특별한 모습도 한 달에 몇 번은 꿈에서 본다. 물론 꿈에서 보는 것이라 상관은 없지만, 그가 바람 피우는 장면을 목격하는 것은 괴롭다. 그 장면이 천연색으로 펼쳐지는 데다 리얼하고 생생하기 때문에 눈을 뜨고도 왠지 꿈같지 않다.

무엇보다도 남편이 바람 피우는 상대가 와카오 아야코若尾文子わかおあやこ22) 씨나 아라타마 미치요新珠三千代あらたまみちよ23) 씨에 버금가는 미인들이기 때문에 마음이 편치 못하다.

눈을 뜨면, 나는 남편을 꾸짖는다.

"미코(애칭)가 말이에요, 또 예쁜 여자들과 바람 피우고 있었어요. 어째서 그렇게 바람을 잘 피우는 거예요."

남편은 또 시작이냐는 듯,

---

22) 영화배우. 1933년 11월 8일 도쿄 출생. 1951년 長谷川一夫의 소개로 大映에 들어가, 1953년「十代の性典」으로 인기를 얻고,「祇園囃子(ぎおんばやし)」「赤線地帯」「女は二度生まれる」「妻は告白する」「雁の寺」「華岡青洲の妻」「不信のとき」등에 출연. 1971년 大映이 도산한 이후에는 TV와 연극무대에서 활약.

23) 영화배우. 1930년 1월 5일 나라奈良 출생. 2001년 3월 17일 심부전으로 사망. 본명은 戸田恭子. 후에 靖子, 馨子로 개명 45년 宝塚歌劇団에 입단 예명 新珠는 엄마와 언니를, 三千代는 애독서 夏目漱石의『그리고』의 주인공의 이름에서 따왔다. 연극, 영화, 드라마에서 수많은 히트작을 남기고 각종 상을 휩쓸었다.

"바보 같이, 샘나…."

하고 빙긋이 웃는다.

"어젯밤에 난 아야코를 위해 기도하는 꿈을 꾸었는데…."

하며, 달래주는 경우도 있다.

남편에게 이런 허황된 꿈 이야기는 없다. 그는 일터에서 곧장 집으로 돌아오지 않은 일이 절대 없다. 송별회나 기우회(바둑) 등이 있을 때에는 반드시 전날 미리 이야기해준다. 그리고,

"오늘 저녁, 함께 하지 못해서 어떡하지."

하고 차근차근 말하고 집을 떠난다.

바람은커녕 다방조차 혼자 간 일이 없는 남편이지만, 내가 꾼 꿈속에서 바람을 피우는 몽상 때문에 아내인 내가 꾸짖는 정도라면 이건 트집이 아니라 질투다. 옛날 같으면, '투기는 칠거지악.'이라고 하여 충분한 이혼 사유가 되었다. 내가 옛날 사람이라면 꿈 하나만으로도 즉시 이혼감이 되었을 것이다.

남자란 분별이 없어서 자기가 바람 피우는 것을 잔소리하는 여자는 이혼해도 상관없다는 자가당착에 빠져있었던 것 같다.

오늘을 살고 있는 나는 다행히 질투했다는 이유로 이혼 당하는 일은 없겠지만, 이와 같은 질투는 당연하다고 칭찬받을 일은 아니다. 조금이라도 바람 피운 적이 있었다면 모르거니와, 전혀

그런 적이 없는데, '꿈에서 왜 바람을 피우세요.'라는 말을 듣는 남편의 입장이라면 달갑잖은 참견일 것이다.

도대체 이런 꿈은 어떻게 해몽해야 할까? 남편의 품행이 너무 방정하기 때문에 마음속으로, '이런 남자는 이 세상에 또 없을 거야.'하고 그의 인격을 의심하는 게 아닐까? 남편의 인격까지 의심한다고 생각하니 마음이 편치 않다.

한편 매일 눈앞에 보는 남편이지만, 나는 진심으로 존경하고 있다. 그러나 이런 꿈을 가끔 꾸는 현실은 도덕에 대한 의식이 부족한 내가, '인간으로서, 한 남자로서, 이보다 더 진실할 수는 없는 것이다.'라고 생각하기 때문임이 분명하다.

만약 남편으로부터, '아야코, 그런 꿈을 꾸는 것은 당신이 나를 굳게 믿지 않기 때문이야.' 하는 이야기를 듣는다면, 나는 발끈해서 항변할 것이다.

"어머, 미코. 제가 당신을 이렇게 존경하고 믿는 걸 잘 알잖아요? 저는 당신을 손톱만치도 의심하지 않아요."

그러자 남편은,

"하지만 바람을 피우지도 않는 나를 늘 꿈에서까지 바람 피우는 것까냥 보고 있잖아."

이렇게 말할 것이다

"뭐예요, 그렇게 말하는 것도 억지예요. 그건 단지 꿈일 뿐인 걸요, 뭐. 꿈까지 책임질 수는 없어요."

나는 이렇게 말하고 발뺌을 하려 할는지도 모른다.

그렇다면 과연 우리 인간은 자기가 꾼 꿈에 대해 정말로 책임이 없을까? 인간의 마음은 무의식이 8분의 7이고 의식하고 있는 부분은 겨우 8분의 1에 불과하다고 한다.

우리는 이 의식할 수 있는 이 8분의 1을 가지고 자기의 전부라고 믿고 있다. 그러면 무의식에 있는 이 8분의 7을 과연 자기 자신이 아니라고 단언할 수 있을까?

수면의 부작용으로 의식이 희미해졌을 때, 마음 밑바닥의 뚜껑을 살짝 들추고 그 틈바구니로 기어 나오는 것은 무의식 속에 저장된 자기 자신의 모습일 것이다. 그렇게 기어 나온 것이 꿈으로 바뀌어 때로는 철석같이 믿는 남편의 엽색행각이 되기도 하고, 어떤 때는 사람을 죽이기도 한다.

인간이란 참으로 복잡하고 미묘한 존재이다. 믿는다면서 실제로는 얼마나 의심하는지 알 수 없고, 사랑한다면서도 실은 무슨 생각을 하는지 알 수 없다. 이렇게 생각하다보면 문득,

"나는 절대로 배반하지 않는다."

"나는 절대 그런 인간이 아니다."

라고 호언장담할 수 없을 것 같다.

자신이란 자기 자신조차 알 수 없는 나약함과 추악함을 동시에 지닌 존재라는 사실을 새삼 깨달을 때, 참으로 자신을 살펴보는 냉철한 안목이 더해지는 것 아닌가 생각한다.

인생의
날줄과 씨줄

 나는 여자보다 남자를 좋아한다.

그 이유는 남자들은 비논리적인 말을 비교적 덜하기 때문이다. 그러나 여자들은 이론을 초월(?)한 이상한 이야기마저 거침없이 지껄여댄다.

같은 여성인 나도 이해할 수 없는 말이니 이성인 남성들이야 오죽하겠는가.

A양이 결혼한 지 3년이 지난 후 알고 지내던 한 남성이 결혼했다. 그 남성에게 아이가 생겼는데, 그 소식을 들은 A양은,

"다 소용이 없어."

라며 화를 냈다.

이 두 사람이 연인 관계였던 것도 아닌데 말이다.

설령 마음 한구석에 그 남성을 좋아했던 감정이 있었다고 해도, 현재 A양은 그 남성보다 먼저 다른 남자와 결혼하여 귀여운 아들을 둔 처지다. 아침부터 저녁까지 남편과 귀여운 아들을 돌보는 일로 하루가 바쁘다.

그처럼 행복해 보이는 A양이 그저 두세 차례 만났을 뿐인 다른 남성에게 아기가 태어났다고 해서 화를 내는 이유는 뭘까?

어느 날 K씨를 만나자, 그녀는 이렇게 말했다.

"저 말예요, 어제 신문에 연재된 ≪빙점≫에서 말예요, 요코가 답사를 읽는 장면이 나오잖아요. 요코는 의붓자식인데 말예요."

그녀는 어제 신문에 게재된 나의 소설의 내용을 아주 자세하게 작가인 나에게 말해주었다. 그리고 이야기 끝머리에,

"이봐요, 당신은 그 나츠에다夏枝なつえだ라는 여자를 어떻게 생각해요. 밉지 않아요? 다음 회를 보고 다시 말해줄게요."
라고 말했다.

순간, 나는 이 사람은 내가 ≪빙점≫의 작가임을 모르고 있는 게 아닌가 착각할 정도였다. 그러나 그녀는 내가 신문 소설에

당선되었을 때 축하해주었던 이웃에 사는 주부다.

나 또한 그녀의 이야기를 들으면서 난생 처음 듣는 이야기처럼 고개를 끄덕이며 대꾸했다.

그녀는 매우 활달하고 유머가 있는 여성이기 때문에, 이와 같은 행동은 그녀 특유의 유머였는지도 모른다. 그래서 훌륭한 여성이 아닌가 하고 나는 생각해본다.

그렇긴 해도, 미소도 전혀 보이지 않고 심각한 표정으로 당사자인 작가에게 소설의 줄거리를 이렇게 자세하게 들려주는 것은 나 같은 범인凡人은 도저히 상상도 할 수 없는 심리이다.

어쨌든 나는 그녀에 대한 존경심으로 가득하다.

이 내용은 C씨의 이야기다.

그녀는 동성이 생리 중이라는 느낌이 들면, 무례하게도 용변 중인 친구의 화장실 문을 열고 확인하는 이상한 버릇이 있다.

C씨는 독서를 즐기는 정숙하고 아름다운 여성 편에 속한다.

왜 친구가 들어가 있는 화장실 문을 열고 그런 곤란한 일을 확인해야 하는지, 심리학자가 아닌 나로서는 알 수가 없다.

이런 이상한 심리를 누구에게 배웠을까 하는 궁금증도 생긴다. 아니면 변태라고 해야 하나?

다음의 D씨는 전문대를 졸업한 가정주부다.

어느 날 그녀는 친정으로 전화를 걸어,

"제 순결을 빼앗은 사람은 아버지예요. 어떻게 하실 거예요."
라고 말했다고 한다.

이미 세 아이의 어머니가 되었는데, 왜 갑자기 그런 바보 같은
소리를 했을까? 그녀의 아버지는 어안이 벙벙해 하다가 나중에
는 분통을 터뜨리고 말았다.

그러나 그녀는 완강하게 아버지가 자기 몸을 더럽혔다며, 좀
처럼 수그러들지 않았다. 터무니없는 항변에 놀란 아버지는 그
녀를 데리고 정신과 상담까지 하러 나섰지만, 그녀는 신경쇠약
도 아니고, 피해망상도 없었다.

도대체 이러한 사실을 어떻게 설명해야 할까?

E양은 이른바 재원이며 의지도 강하다. 매일 3시간씩은 꼭
피아노를 친다.

그 방면에서는 평범한 아가씨들이 가지고 있는 재주라기보다
는 전문가에 가깝다. 그런데 만나면 꼭 불필요한 세상 이야기를
한다. 그리고 그 밖의 다른 이야기는 한 적이 없다.

자기 아버지가 첩의 집에 갔다든가, 자기 어머니가 모르는 첩

의 집에서 아버지가 관계를 맺는 것은 당연하며, 오빠는 박봉인데도 분에 넘치는 집에서 산다는 따위의 말을 서슴없이 한다.

그럴 때마다 고개를 끄덕이며 듣지만 큰일이 아닐 수 없다. 그 이야기를 들은 이웃 여자들은 서둘러 집으로 돌아가서,

"그 여자는 엄마가 모르는 첩의 집이기 때문에 아빠에게 여자가 생기는 것은 당연하다고 말해요."

"오빠는 봉급도 변변히 받지 못하는 주제에 훌륭한 집에 살고 있는데, 어떻게 할 셈인지, 혹 회사의 공금이라도 써버리는 게 아닌가 하는 생각이 들어요."

라고 남의 이야기를 재미 삼아 떠벌릴 것이다.

남의 일이라고 그런 식으로 말하는 것은 어떤 심리일까? 말한 그대로 되기를 바라는 것 아닐까? 이상하게도 이렇게 말하는 여성이라는 인종은 의외로 많다.

이상으로 우리 주변의 이상한 여성상을 몇몇 살펴보고 생각하고 느낀 대로 적어보았다. B씨와 같은 유머러스한 여성은 별개로 하고 그 다음으로 거론한 여성들은 왠지 보잘것없는 존재들 같다.

이런 사람들과 마주앉아 있으면, 언제 어떤 트집을 잡힐지 모

른다는 압박감마저 느낀다.

무엇보다도 이러한 여성을 평생의 반려로 선택한 남성들은 큰일이구나 싶어 동정심마저 느낀다.

그러나 가만히 생각해 보면 남녀를 불문하고 우리 인간은 많든 적든 이러한 기묘한 모습을 자기 자신의 내부에서 찾아낼 수 있을 것이다.

남자들의 세계에서 폭력단이나 못난이들처럼 비논리적인 인연을 맺는 무리들이 있다. 술을 마시고 생트집을 잡는 것도 이런 부류다.

좀 더 생각해보면 이처럼 멍청하고 비논리적인 언동은 자신만 중요시하고, 자기의 입장만 내세우는 데서부터 야기되는 현상인 것 같다.

나 자신을 비롯하여 사람은 혼자만 생각하는 자기중심적인 속성을 가졌기 때문에 이런 기묘한 여자의 명단에 오르게 되었는지도 모른다.

아아! 나의 남편이시여, 대단히 죄송합니다.

처녀 무가치론에 대한
변명

한 주간지로부터 '처녀 무가치론에 관하여 글을 써 주시기 바랍니다.'라는 청탁을 전화로 받은 일이 있다.

최근의 풍조는 처녀인지 처녀성인지 따위에 구애받지 말고, 그런 굴레 따위는 가차 없이 벗어버리라는 구호가 만연하는 것 같다. 그래서인지 모르지만, 요즘은 여고교생들의 낙태가 많아졌다든가, 중학생의 임신도 드물지 않다는 말을 주위에서 심심치 않게 듣는 편이다. 이는 여자아이들이 사람 따르기를 좋아하는 품성이 있기 때문일 것이다.

대체로 여성은 아주 특별한 신체를 가지지 않은 이상, 성적 충동을 별로 느끼지 않는다. 이런 사실을 잘 알지 못하는 것이 남자라는 생각이 든다.

여성이 이성을 사랑하는 것은 대체로 플라토닉한 감정이다. 여성은 사랑하는 마음을 좋아하는 특성을 가지고 있다.

남자와 단둘이 어깨를 나란히 하고 천천히 밤길을 걷는다. 단지 그것만으로 만족하는 것이 대부분의 여성들이 갖는 연애감정이라 생각한다. 악수를 하지 않아도 좋고 키스를 나누지 않아도 괜찮다.

'이 사람은 나를 정말 좋아하는지 몰라.'

'지금 이 사람의 말은 어떤 의미일일까. 혹시 나를 사랑하는 것은 아닐까?'

이렇듯 가슴 두근거리는 그런 감정을 좋아하는 것이다.

처음부터 단둘만 있기를 바라는, 아니면 안아주었으면 좋겠다든가, 키스해주었으면 좋겠다고 생각하는 여성은 그리 많지 않다고 본다. 더구나 온몸을 바치고 싶다고 생각하는 여성은 거의 없다고 봐야 한다.

처녀에게는 처녀본능이라는 감정이 있어서 남성을 경계부터 한다. 동물도 암컷은 수컷을 몹시 경계한다고 한다. 그것은 하나님께 부여받은 임신이라는 사명을 띠고 있어서 본능적으로 우수한 상대를 선택하려는 본성이 아닐까?

종족보존의 본능이라는 것은 우리가 생각하는 것보다 훨씬 강력한 감정인 듯하다.

만일 이것이 남성의 성충동처럼 적극적이고 격렬해지면 상대방의 의사와는 관계없이 교접해버리고 말 것이다. 여성에게 성적인 수치심과 공포심을 주어 소극적으로 받아들이는 존재가 되게 한 것, 이것은 자연의 커다란 이치라고 하겠다.

그것이 요즘 '처녀 무가치론'이라는 용어까지 생산하게 된 것은 무슨 까닭일까?

이에 대하여 나는, 젊은 여성이 남성이라는 존재를 너무 모르고, 젊은 남성 역시 여성이라는 존재를 제대로 알지 못한 결과라고 생각한다.

젊은 여성은 상대가 손이라도 잡아주면,

'아아, 이 사람 틀림없이 나를 사랑하는가보다.'

하고 우쭐해 하는 자기만족감에 도취한다.

사실 남자는 그저 성적인 흥미만으로 여성의 손을 잡았는지도 모른다. 남자는 특별히 그 여자의 손이기 때문에 잡은 게 아니라, 거기 있는 손이 그 여자의 손이었기 때문에 잡았는지도 모른다. 그에게는 상대가 B양이든, H양이든, K양이든 상관없을지 모른다. 만약 이런 남자의 속성을 알고 있다면, 우리 여성들은 손을 잡혔을 때 과연 기쁨을 느끼겠는가?

키스도 마찬가지다. 키스는 사랑의 표현일 경우도 있지만, 그렇지 않은 경우도 있다.

남성이란 처음 만난 여자하고도 잠을 잘 수 있다. 상대의 얼굴이 어떤가, 나이가 몇인가, 성격이 어떤가 하는 것은 아무런 상관이 없는 경우도 있다.

가장 좋은 예가 캄캄한 한밤중에 여성을 습격하는 치한이다. 그에게는 오로지 자신의 성충동만 있을 뿐, 상대가 예순이 넘은 여자라도 상관없다.

옛날 전과가 있는 남자들의 노는 방법이 그러했고, 전화 한 통으로 부를 수 있는 콜걸과 노는 것도 이와 비슷한 행위이다.

그가 당신의 육체를 요구했다고 해서 그것이 사랑의 표시라고 감격할 것은 없다. 그것이 A양이든 B양이든 상관없는 성충동에 불과했는데, 당신이 그것을 사랑의 표시인 것처럼 착각한다면, 그것은 그야말로 무책임한 행위를 가정한 유혹의 말이라고 생각해도 좋다.

왜냐하면 당신은 A양이든 B양이든 아무나 좋다는 남자들의 노리개가 아니기 때문이다.

진정으로 당신을 사랑하는 남자라면 그 사람은 틀림없이 결혼할 때까지 당신과 당신의 순결을 고이 간직해둘 것이기 때문이다. 일생을 함께 할 것이라면 당신의 육체를 아무렇게나 성급하게 요구할 리가 없다. 순결은 사랑의 온상이다.

여자는 분위기에 약하기 때문에 사랑 받는다는 느낌이 들면 쉽게 빠져버린다.

만일 당신이 육체를 허락하지 않아서 화를 내며 떠나는 남자라면 당신이 사랑해야 할 남자는 분명 아니다.

'처녀 무가치론'에 관한 원고를 청탁한 주간지에 나는 다음과 같이 대답했다.

"뭐예요, 당신이야말로 의외로 고리타분하군요. 처녀성이라는 것은 아무런 값어치도 없잖아요. 안 그런가요?"

이런 남자들일수록 신혼초야를 치르고 신부가 처녀가 아니라는 사실을 알면 금세 인상을 바꾸고,

"화냥년! 잘도 속였구나."

라고 꾸짖을 사람이다. 만일 그렇다면,

"괜찮아요, 당신이 처녀가 아니라도 문제될 건 없어요. 자칫 실수해서 처녀성을 잃은 것은 상처와 같은 거예요. 나약한 겁쟁이가 되어서는 안 돼요."

하고 격려해줄 남성이라면 결혼 전 '처녀 무가치론' 따위를 결코

내세우지 않을 것이다.

그러므로 속된 이론에 휘말려서는 안 된다. 자기의 처녀성을 누구에게, 언제, 어떤 식으로 바치느냐는 스스로 자유롭게 선택할 일이다.

'결혼은
누구를 위해 하는가?'

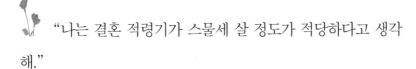 "나는 결혼 적령기가 스물세 살 정도가 적당하다고 생각해."

"그럼, 나도 스물서너 살쯤에 결혼할 거야. 스물다섯 살이면 좀 노처녀 같아서."

"어머, 그래요. 나는 20대는 독신으로 있고 싶어."

고등학교를 갓 졸업한 듯 보이는 아가씨들이 옆 테이블에서 라면을 먹으면서 이야기를 나누고 있다. 아마 결혼하고 싶은 연령에 대해서 이야기를 나누는 것 같다.

그러나 '꼭 스물세 살에 결혼하겠다.'고 결정했다고 해서 그렇게 원하는 대로 꼭 스물세 살에 결혼하게 될까. 남의 일인데도 남의 일 같지가 않다.

소싯적, 나는 동년배인 동료 다섯 사람과 2년쯤 자취생활을 했다. 그 즈음의 우리도 저 아가씨들처럼 비슷한 이야기를 하지 않았나 싶다.

"네가 제일 먼저 결혼할지도 모르지."

하는 이야기를 들은 나는 서른일곱 살에 결혼했다. 어떤 아가씨든 서른일곱 살에 결혼하고 싶다고는 결코 말하지 않으리라. 서른일곱 살이라면 중학생 자녀가 있어도 이상할 게 없는 나이다.

지인 중에 서른 살이 된 아가씨가 있다. 그녀는 네 자매 중 막내인데 아이가 둘 딸린 마흔이 넘은 남자와 결혼했다.

"너 아이들 기를 수 있겠어?"

결혼 직전에 나는 아무 생각 없이 그녀에게 말했다. 응석받이로만 자란 그녀에게는 무리일 거라고 생각했기 때문이다.

"그래도 난 벌써 서른인 걸? 언니들은 모두 스물다섯도 되기 전에 결혼했는데, 나를 색시로 데려갈 남자가 없어 노처녀가 되었다고 어머니가 매일 야단이야. 나도 벌써 서른 살이 되었구나 생각하니 정말 쓸쓸해."

그녀의 말에 나는 입을 다물었다.

"이제 그럭저럭 혼기가 찼어요."

하는 말로 시작되는 따님들의 결혼연령에 대한 세상 부모님들의 염려는 해가 가면서 달라진다.

"너, 지금 몇 살이니. 그렇게 언제까지고 집에 붙어있으면 남들 눈에 좋지 않아."

라고 하다가, 또 몇 년 지나면,

"너 지금 몇 살이니. 네 나이 생각하면 재혼은 싫다는 그런 분수없는 말은 하지도 마라. 남자가 재혼이라도 괜찮은 혼담이잖니."

하고 혼사를 결정 짓게 된다.

인생에 대해 이렇다 할 목표도 없이, 다만 결혼이 인생의 목표인 듯 살아가는 아가씨들이 마음속으로 생각하는 것이 부모님들의 생각과 비슷하게 닮아가는 경우가 많다.

"결혼은 나이로 하는 게 아니잖아. 서른이 되었다고 해서 그렇게 초조해 할 건 없어요. 결혼이란 이 사람이다 싶은 결혼 상대를 만났을 때 하면 되는 거예요."

나는 그녀에게 그렇게 말했는데, 그녀는 무엇엔가 쫓기듯 서둘러 결혼해버리고 말았다.

도대체 결혼이란 누구를 위해 하는 것일까?

"이젠 적령기가 지났어요. 세상 이목도 좋지 않구."

라는 생각이 과연 옳을까?

결혼은 남들의 이목 때문에 하는 것이 아니다. 결혼적령기란 도대체 누가 정했는가? 인간은 짐승이 아니다. 좋은 상대를 만났을 때가 그 사람의 결혼적령기인 것이다.

인간은 몇 살이든 결혼할 때가 결혼적령기라고 나는 콕 집어서 말하고 싶다.

젊어서 결혼하면 행복하고, 서른 넘어 결혼하면 불행하다는 것은 말도 안 되는 소리인줄 알면서도 어느 연령에 이르면,

"나는 평생 독신으로 살 거야."

하던 사람들마저 서둘러 결혼한다.

나는 열여섯 살 때, 여학교 담임교사로 재직 중인 동향 청년에게 청혼을 받았다. 그러나 그는 2년 후에 죽었다.

초등학교 교사가 된 다음 해에 나는 동료로부터 청혼을 받았다. 선생이라는 직업이 너무 좋고 즐거워서 내가 거절했다.

그 후 스물세 살에 함이 들어오던 날 나는 쓰러졌고, 결국 오랜 요양생활에 들어갔다.

그 사이 약혼자가 죽고, 그 후에 알게 된 미우라와 결혼한 것이 서른일곱 살이었다.

지금도 나는 나 같은 여자가 미우라 같은 사람과 결혼할 수

있었던 것은 정말 분에 넘치는 행운이라고 생각한다.

이런 나의 예로 보아도 한 사람이 결혼에 이르기까지는 모두 그 나름의 사정이 있음을 알 수 있다. 다른 사람은 다른 사람대로, 나는 나대로 가야 할 길이 있을 것이다.

요양 중에 있을 때였다.

"오늘은 너무 더우니 복도의 문을 열까요."

하고 말하면,

"기다려요. 다른 방들 문이 열려있나 보고 나서요."

하는 같은 병실의 환자가 있었다.

그 여자는,

"오늘은 추우니 하오리 입을까?"

하고 말하면서 창밖으로 얼굴을 내밀고,

"아무도 하오리羽織はおり24)를 입지 않으니 그만두겠어."

하고 잠옷 바람으로 화장실에 갔다. 이 여자가 두 번째로 하는 말은,

"사람들이 웃어요. 남들 이목이 좋지 않아. 사람들이 보면 부끄럽다."

등의 말을 자주 했다.

---

24) 일본 옷 위에 입는 짧은 겉옷

도대체 남들의 이목이란 무엇일까? 세상 사람들이 보면 부끄럽다는 것은 무슨 의미일까?

우리가 부끄럽다는 것은 어떤 상황을 말하는 것일까?

어쨌든 남들과 같은 행동을 하면, 그것으로 족하지 않은가, 나쁠 게 없지 않은가 하고 안심하는 것이 남들의 이목을 꺼리는 심리 아닐까?

이러한 심리로 결혼 독촉을 받아 상대가 누구건 결혼한다는 것은 어리석기 짝이 없는 일이다.

이상과 같은 이야기를 하고 있는데, 스물일곱 살 된 한 여성이,

"제발 그 이야기를 글로 써 주세요. 저의 부모님께 보내드리겠습니다."

라고 말한다.

어쨌거나 노처녀의 심리는 미묘하다.

제5부

부부의 계절

나의
친정론

코쥬토메小姑こじゅうとめ25)는 귀신 천 마리와 맞먹는다는 말이 있다. 이는 전적으로 시누이를 두고 하는 말이다.

"남편의 누이동생이 일주일에 한 번은 부부 동반하여 우리 집에 묵으러 오는 거예요. 그리고 갈 때는 가게에 진열되어 있는 된장이나 탈지분유, 치즈 등을 몽땅 가져가는 거예요. 그러니 좋은 말이 나오겠어요. 어떤 때는 아무거나 집어 들고 냅다 뛰는 거예요."

"뭐라구, 아무리 친정이라지만, 가게에 있는 물건을 공짜로 가져갈 리야 없겠지, 하다못해 원가라도 주고 가겠지."

---

25) 남편 또는 아내의 자매. 시누이, 처형, 처제

"농담 마세요. 가게에 진열해놓은 물건은, 그냥 공짜로 갖다 놓는 줄로 알아요. 하루 매상 2만 엔 올리려면 이렇게 온 종일 서 있어야 해요. 그래야 겨우 3천 엔 정도의 이익이 날까 말까한데, 매주 와서 가지고 가니 견딜 수가 없어요."

"그렇다면 큰일인 걸."

"더구나 시누이는 조금 있으면 아기를 낳아요. 그땐 시누이 부부가 우리 집에 와서 아이를 낳겠다는 거예요."

"물론 밥값은 내겠지."

"무슨 말씀이세요. 병원에 입원하면 돈이 드니, 여기서 어머님께 산후 뒷바라지를 해달라는 거예요. 땡전 한 푼 내는 줄 아세요."

"그렇지만 그런 말이 어디 있어. 동생도 아기 낳으려면 돈은 얼마간 준비했겠지?"

"시누이는요, 자기 돈만 챙기지, 다른 사람의 주머니 사정 같은 건 조금도 생각 안 해요."

"그런 법이 어디 있어. 결혼이란 어른이 되었다는 걸 알리는 거잖아. 어른이란 경제적으로 자립하고 정신적으로 독립한다는 거 아니야?"

"맞아요. 하지만, 시누이의 행동은 아무거나 가져가면 가게의

적자는 친정에서 메꾸어 주리라고 계산하는 거예요. 또 돈이 궁해지면 금방 찾아와요."

"그럼, 그 돈은 언제 갚는 거야."

"갚을 생각은 애당초 하지 않아요. 말은 빌려달라고 하지만, 한 번도 갚은 적은 없어요."

"그래도 집안에 경사가 있으면 축의금 정도는 가지고 오겠지."

"천만의 말씀이에요. 명절이나 정초에는 맛있는 음식 먹으러 와서 선물을 잔뜩 받아가고, 게다가 어머니의 용돈까지 거둬 가는데요, 뭐."

"도저히 이해할 수가 없네. 내가 결혼할 때는요, '아아, 이제부터는 매달 부모님께 용돈을 드릴 수 있겠구나' 하고 생각했어요. 그게 얼마나 기뻤던지…."

"그런 사람이 어디 있어요. 그렇지만 당신도 돈이 모자랄 때는 빌리러 가셨잖아요?"

"그래요. 하지만 빠르면 그 다음 날 갚고, 늦어도 열흘 이내에는 꼭 갚았어요."

"놀랐어요. 흔한 일은 아니에요."

"아무렴요. 빌린 돈을 갚는 건 당연한 거예요."

"그 당연한 일을 당연한 일로 여기지 않기 때문에, 장남한테 시집 온 며느리는 정말 견딜 수가 없는 거지요. 하지만 저에게는 시누이가 하나여서 그래도 다행인 편이에요. 제 친구는 명절이나 정초가 되면 시누이가 넷이나 온다는 거예요. 게다가 아이들까지 두셋씩이나 데리고 온다나요."

"그거 큰일이군."

"어쩌면 한바탕 전쟁을 치르는 것이나 같은데, 그렇잖아요. 먹이는 것만도 쉬운 일이 아니잖아요. 그리고 아이들에게는 용돈도 주어야 하는데, 얼마나 큰일이에요."

"상상만으로도 송구스럽군. 모두들 노는 명절이니 명절대목이라 바쁠 텐데."

"자기도 가정을 가진 주부잖아요. 조금만 생각해주면 얼마나 좋을까요."

"저는 귀성한다는 말의 뜻을 잘 모르겠어요. 친정이 바로 이웃에 있거든요."

"그건 더 좋겠네요. 남편하고 싸웠을 때 금방 친정집으로 쫓아가서 험담이라도 쏟아놓고 올 수 있잖겠어요."

"네에? 남편의 험담을 누구에게 한다는 거예요?"

"그야 물론 친정어머님한테 말이지요."

"그런 일 없어요. 우리 남편은 단점이 하나도 없어요. 설령 있다고 해도 무엇 때문에 부모님한테 그런 말을 해요."

"많이 다르군요. 대개의 여자들은 친정집에 가서 먼저 남편의 험담을 비롯해서 시어머니 험담, 시누이들의 허물을 생각나는 대로 떠들어대고는 돌아와요. 가슴이 후련하지요."

"그건 형편에 따라 다른 거예요. 당신 말씀대로 친정어머님이 과연 내 말을 자랑으로 들어주실까요?"

"그건 그래. 그러나 그럴 수 있는 곳은 아무래도 친정어머님밖에 더 있겠어요. 어머님도 이해하시고 이쪽 기분이 후련해지도록 들어는 주시겠지. 그건 정신건강에도 좋지요. 그러면 당신은 시어머니나 시누이들 험담을 어디다 털어놓지요?"

"유감스럽지만, 저한테는 험담할 만한 이유가 하나도 없어요. 결혼한 지 8년이지만, 단 한 번도 친정어머님께 그런 험담은 들려드린 적 없어요."

"야아, 놀랐는데요, 당신네 가족은 참 훌륭한 분들이군요."

"물론이에요. 과분한 분들이지요. 설사 어찌할 수 없는 지경에서 남편이나 시어머님한테 시달릴지라도 저는 친정 부모님들께 그런 혐구는 늘어놓지 않아요."

"여어, 어째서요?"

"조금 전에 말했잖아요. 결혼이란 경제적으로 자립하고, 정신적으로도 독립하는 것이라구요. 그렇게 애들처럼 응석부리려면 저는 결혼 같은 건 하지 않았어요. 친정이라는 데가 돈을 뜯거나, 쓸데없는 험담을 늘어놓는 곳은 아니잖아요. 연로하신 부모님을 위로해드리러 가는 곳이지요. 그렇게 하는 것이 서로의 정신건강에 훨씬 더 좋지 않을까요?"

'노파는 없다'는
말

'집도 있고, 승용차도 있지만, 노인은 없다.'

어쩐지 쓸쓸한 말이다. 이런 말을 하는 것만으로도 뭔가 입 안이 깔깔해 불쾌하기 짝이 없다.

노인네란 시어머니를 두고 하는 말인지, 친정어머니를 두고 한 것인지는 알 수 없다. 어쨌든 불쾌하기 짝이 없는 말이다.

집도 자동차도 지닐 수가 없는 데다 세 평짜리 단칸방에 세 들어 산다면 어쩔 수 없지만, 그런 사정이라면 시어머님께서도 이해해주실 것이다. 그러나 이 말은 자기들만 즐거우면 그만이고 부모님이야 어떻든 상관없다는 현대판 고려장과 같은 느낌이 든다.

얼마 전 나는 남편과 여행을 나섰다가 지인의 집에서 신세진 일이 있다. 그 집에는 아흔이 넘은 시어머니와 세 딸을 둔 부인이 있었다.

그녀의 남편은 시장에서 잡화상을 크게 하다가, 지금은 세상을 떠나셨다. 그 후부터 가게 일은 쉰이 된 그녀가 맡았다. 그 댁을 여러 번 방문했지만, 그녀의 시어머니에 대한 공경은 심금을 울릴 만큼 정성을 다하고 있어 주위 사람들에게 모범이 되고 있다.

아침 일찍 시어머니의 머리를 곱게 빗겨드리기도 하고, 받은 선물을 시어머니 앞에 놓고 펴 보인다.

장사하는 하루의 일과 가운데서 그녀가 가장 먼저 상담하는 고객은 아흔 넘은 시어머니고, 분주한 가운데 짬을 내서 산책에 모시고 나서는 것도 그녀다.

어머니가 그렇게 지극정성으로 시어머니를 모시는 만큼, 대학생인 딸들도 학교에서 있었던 사소한 일들까지 제일 먼저 할머니께 들려드린다. 아흔 넘은 노인이라고 해서 의논 상대로 등한시하는 일은 결코 없다.

도쿄에 가 있는 큰딸도 어머니한테보다도 더 많은 편지를 할머니한테 보내온다. 밤에는 할머니와 함께 네 사람이 잠자리를 같이 한다.

넓은 집이라 누가 어디에 있는지 알 수도 없을 정도이므로, 각자 다른 방에서 자도 되지만, 고령의 할머니가 쓸쓸해하실까 봐, 식구들 모두 한 방에서 잔다.

또 연세가 많기 때문에 밤에 화장실 가는 일도 잦다. 적어도 네 번은 일어나 화장실 출입을 하는 것 같다. 처음에는 며느리인 그녀가 전적으로 시중을 들곤 했지만, 지금은 딸들이 분담한다.

"이제부터 어머니는 가만히 누워계셔요. 우리는 밤에 몇 번 일어나도 몸에 아무 지장 없으니까요."

그야말로 얼마나 훌륭한 가정인가? 남편이 세상을 떠난 후에도 시어머니를 이처럼 공경하며 보살피는 가족은 드물다.

"저렇게 좋은 시어머니라면, 누군들 공경하며 받들어 모시지 않겠어."

하고 혹자는 말할지 모른다.

분명 이 시어머니도 마음이 곱고 사려가 깊은 분이다. 그러나 상대가 좋다고 자신도 잘 할 수 있느냐 하면 그렇지는 않다. 선량한 사람이 오히려 구박받는 경우도 적지 않기 때문이다.

그야 이쨌거니, 요즘은 흔히들,

"자식들에게 내 장례를 맡길 생각은 없어요."

라고들 말하는데, 왜 그럴까? 그 마음을 헤아려보면,

"저는 우리 시어머니처럼 자식들에게 신세지는 것이 당연한 듯 여기지는 않겠어요."

하고 암암리에 시어머니에 대한 불만을 토로하지 않을까?

그렇지 않으면, 시어머니에게 용돈을 보내드리지도 못하고 모시지도 못하는 처지에 대해 변명하는 말 아닐까?

성경에도 '네 아버지와 어머니를 공경하라'(에베소서 6:12)고 분명히 가르치고 있다. 그러나 자기 자식들에게 신세를 지지 않겠다고 말하는 것은,

"저런 분은 부모님에게 효도 같은 건 하지 않겠다."

라고 말할 사람들이다.

굳이 부모님에게 효도하라고 새삼스럽게 말하지 않아도, 앞에서 말한 부인처럼 시어머니를 사랑하고, 존경하며 살아간다면 그 자녀들 역시 싫어도 부모님을 공경하며 모실 것이다.

부모들 스스로 부모님께 효도하지 않으면서 낯 간지럽게,

"부모에게 효도해라."

라고 말할 수는 없을 것이다.

남편 미우라는 둘째아들이고, 시어머니는 큰아들인 시아주버니와 살고 계신다. 그러므로 우리도 으스대며 말할 수는 없지만,

적어도 '노인네는 없다'는 기분으로 살지는 않는다. 부모님과 별거하는 자식들에게는 그들 나름대로 효도할 수 있는 일이 있게 마련이다.

결혼하던 달부터, 얼마 되지는 않지만 양가 부모님들께 용돈 드리기를 빠뜨리지 않고 해왔다. 여러 가지 일에 쫓겨 결코 쉽지만은 않다.

그러나 부모님께 드리는 용돈은 이미 마음에 결정한 것이기 때문에 제1순위로 공제한다. 그래도 먹을 것이 없어 걸식한 날은 하루도 없다.

그리고 남편은 결혼 초에 이런 말까지 했다.

"당신은 13년 동안이나 누워 있느라고, 부모님께 제일 많이 불효했으니, 당신이 부모님을 모시도록 해요."

남편 입장에서 보면, 나의 부모는 장인과 장모다.

"부모님께 효도할 돈은 하나님께서 주신다."

이 말은 남편이 입버릇처럼 하는 말이다.

부모님께 집을 한 채 지어드려야겠다고 결심한 그 달에 소설이 당선된 것도 또한 남편의 말을 뒷받침해주는 것 같다는 생각이 들었다.

어쨌든 우리의 마음속에서 '노인네는 없다'는 무서운 말은 미련 없이 철저하게 추방해야 한다. 부모가 계시기 때문에 우리가 있는 것이다. 나뭇가지가 밑동이 잘려버렸다면 그 가지는 어떻게 될까?

사회가 변천함에 따라 어른을 공경하는 사상이 희박해져 가는 것은 사물에 대한 사고방식이 천박해졌다는 것을 입증하는 실제 모습 아닐까?

인간의 삶과 그 일생의 소중함을 안다면, 우리 스스로가 어떤 어르신께도 겸허히 '고생이 많으십니다.'하고 고개를 숙일 만큼의 교양을 갖춰야 한다.

진정으로 한 생명이 소중함을 안다면, 내 생명을 탄생시켜주신 생명에 대해서 더 예의 바르게 대해야 온당하지 않을까?

어떤 일이 있어도 우리의 마음속에서 이 '노인네는 없다'는 무서운 말을 추방하지 않으면, 자기 자신이 먼저 인간 세상에서 짐승들의 세계로 추방당하리라는 사실을 직시해야 할 것이다.

칠거지악七去之惡이란
자물쇠

'자식을 못 낳으면 칠거지악七去之惡에 속한다.'든가, '자녀는 부모의 벼릿줄이 된다.'는 말을 듣는다. 앞의 말은 공공연하게 이혼의 사유로 인정되어 왔고 사회적 통념을 대변한다.

애를 낳지 못한다는 것은 곧 아내로서의 자격이 없다는 무례하기 짝이 없는 부부관이다. 오늘날까지도 이와 비슷한 생각을 하는 부부들이 상당수에 이르는 것도 사실이다.

결혼한 지 5, 6년이 되어도 애가 없으면 부부는 제각기 의사와 상담을 하거나, 신사神社26)를 찾아 기도를 드리는 등, 아기를

---

26) じんじゃ : 일본에서, 왕실의 조상 또는 국가에 공로가 큰 사람을 신으로 모신 사당.

생산하기 위해 총력을 기울이는 온갖 노력을 다한다.

결국 그럴 가능성도 보이지 않고 낳을 수 없다는 것을 알게 되면,

"당신, 다른 여자에게서 애를 낳아 와도 괜찮아요."
라고 말하는 부인도 있는 것 같다.

어떤 아가씨가 그와 같은 사정으로 대리출산을 위해 100만 엔을 받았다고 한다. 그래서 남자와 육체관계를 갖고, 사내아이를 낳았다는 말을 들었다. 영화에서나 볼 법한 이런 행위는 정말 끔찍한 이야기다. 잔혹하고 추악하며 기괴한 일이라 하지 않을 수 없다.

그런가 하면 남편이 무정자증이라 아내가 인공수정을 했다는 이야기도 들었다. 그러면서까지 자식을 낳아야 할까? 이렇게 태어난 아이와 가정이 과연 행복할까? 혹 재앙은 아닐까?

"미우라 씨는 자식이 없으니 얼마나 쓸쓸하세요."
라는 이야기를 종종 듣는다. 그럴 땐 민망할 정도로 딱 부러지게,

"아니요, 조금도 쓸쓸하지 않아요."
라고 대답해버린다.

위로하고자 한 질문이니 조금 섭섭한 듯 대답해도 좋겠지만, 난 전혀 섭섭하지 않기 때문에 분명하게 말한다.

그랬더니,

"부부 사이에 아이가 없으면 헤어지기 쉬워요. 어린아이는 벼릿줄이라고 하잖아요. 아이가 있는 편이 좋지 않을까요?"

한다.

집안에 애들이 있기 때문에 헤어지기 어렵다는 것은 맞는 말인지도 모른다. 세상의 많은 이들은 헤어지고 싶어도 자녀들 때문에 할 수 없이 함께 사는 부부도 적지 않을 것이다.

하지만 요즘은 아이들을 팽개치고 집을 뛰쳐나가는 여성들의 숫자도 늘어난 것 같다. 내가 알고 있는 선에서 살펴보아도 충분히 알 수 있는 일이다.

"자녀를 생산하지 않으면 사람 구실 다 했다고 할 수 없다."

라는 말도 가끔 듣는다. 결국 자녀를 생산함으로써 더 인간적으로 성장할 수 있을는지 모른다.

세상에는 자녀를 생산하지 못한 것을 죄를 지은 것처럼 생각하고 자신의 삶을 한탄하며 살아가는 부부도 있다. 그러나 현대와 같이 복잡한 사회에서 우리는 원하지 않아도 한 지붕 밑에서 부부 이외의 사람들과 함께 사는 경우도 있고, 또한 한 지붕 밑에서 함께 살지는 않지만, 여러 인간관계를 갖지 않을 수 없는 굴레에 매어 있기도 하다. 그런 환경은 그 나름대로 좋은 인간으로 성장하도록 형성되어 있다.

극단적인 논리일지 모르지만 자녀들을 내세워 자신의 욕심을 드러내는 인간들을 가끔 본다.

내가 알고 있는 자녀가 없는 부부는 여럿 있다.

그들 중에 비상하게 뛰어난 노동운동 지도자가 있다. 금슬이 너무 좋은 부부이기 때문에 그의 부인도 남편이 하는 일에는 항상 협조적이며, 지방에서 온 운동원들을 보살펴주기도 한다.

그는 부인이 운동원들에게도 풍부한 애정을 기울이기 때문에 일하기가 한결 쉽다고 한다. '장차 정치판에 들어가 장관이라도 되려는 거 아니야.'라는 말을 들을 만큼 일솜씨가 좋은 그들 부부에게는 그들 나름의 사명감이 있는 것 같다.

또 다른 부부는 사이는 좋지만 아이가 없다. 남편은 고등학교 교사이고 부인은 디자이너다. 일요일에는 부부가 나란히 교회학교 교사로 봉사한다. 봉사이기 때문에 한 푼의 돈도 받지 않는다.

이 부부는 교회학교 학생들을 사랑하고 잘 지도하며 좋은 상담자로서 늘 존경받고 있다. 이런 모습을 보면 역시 자녀가 없는 부부에게는 그들 나름의 소중한 사명이 있는 것 같다.

나는 원래가 아이들을 좋아해서 처녀 적에는,

"당신처럼 아이를 좋아하는 사람은 아이를 낳지 못한다구요."

하는 말을 들은 일이 몇 번 있다.

나는 아이들과 사이좋게 지내는 데 조금은 자신이 있다. 그러나 그것은 책임질 일이 없는 입장이므로 단순히 좋아한다고 말할 수 있다. 그러나 만약 그 아이를 훌륭하게 길러야 하는 막중한 책임을 져야한다면 좋다거나 싫다고 말해서는 안 된다.

"아이를 데려다 길러보시지."

하고 권하는 사람도 있지만, 그 아이의 일생과 운명을 생각하면 도저히 데려다 기를 자신이 생기지 않는다.

첫째, 가정에는 아이들이 있어야 한다고 못을 박는 데 대해서는 반발을 느끼는 편이다. 세상에는 자녀가 있는 가정도, 자녀가 없는 가정도 있게 마련이니까.

그래서 결혼이 아이를 낳는 게 첫 번째 목적인가 하는 데도 의문이 든다. 혹 그렇게 생각하고 결혼하는 사람이 있을지도 모르지만.

그러나 자녀란 마지못해 결혼해도 태어난다. 사랑의 결과로 태어나는 수도 있고, 태어나지 않을 경우도 있다.

만일 아이를 낳는 것이 결혼의 첫 번째 목적이라면 자녀가 없는 부부는 분명 실패자이다.

그렇지만 우리는 아이를 낳을 목적으로 결혼하는 것은 아니다.

서로 격려하고 위로함으로써 둘이서 함께 하나의 목표를 향해 살아가기 위해서 결혼한다.

나의 목적은 예수 그리스도를 믿고 봉사하는 일이다.

"한 토막의 장작보다 두 토막의 장작이 더 잘 탄다."
라는 말이 있다. 나는 이 말을 생각하며 결혼했다.

어쨌든 사람이란 각양각색이다. 자녀가 있으면 있어서 좋고, 없으면 없는 그대로 좋다. 각자에게 주어진 길이 있고, 각자 나름의 사명을 다하면 되는 게 인생이 아닐까?

우리의 인생은
뜬구름이 아니다

신문이나 잡지 기사를 보면 신상상담身上相談이라는 게 성행하는 것 같다. 그 중에서도 남편의 부정에 관해 상담하는 기사가 자주 눈에 띈다.

'저는 결혼한 지 20년, 이제야 겨우 경제적으로도 안정이 되었습니다. 그런데 요즘 남편이 근무하는 직장 여직원과 관계를 맺으며 외박이 잦아졌습니다. 어떻게 하면 좋겠습니까?'

'저는 예순이 된 남자의 아내입니다. 그런데 남편은 집을 떠나 다른 여자와 3년째 동거 중입니다. 남편이 사망할 경우 나에게 유산이 돌아오는지 알고 싶습니다. 만일 남편이 자기 재산 전부를 동거녀에게 주어버리면 어쩌나 불안해서 견딜 수가 없습니

다.'

'결혼 3개월 차 신혼 주부입니다. 남편에게는 결혼 전부터 깊은 관계를 맺어온 다른 사람의 아내가 있습니다. 지금도 그 여자와의 관계가 청산되지 않아 고민입니다.'

실로 갓 결혼한 새댁부터 60, 70이 넘은 어르신에 이르기까지 남편의 이성 관계 때문에 여러 가지로 고민하는 것 같다.

또 남편의 성격 때문에 번민하는 사람들의 상담도 적지 않다.

'남편은 겉보기에는 과묵하고 점잖게 보이지만, 잔혹할 정도로 구두쇠입니다. 큰 회사의 중역이면서 하루치 생활비만 식탁에 던져놓고 출근할 정도입니다. 남편이 없을 때, 친정어머님이 오셔도 점심밥 한 번 이렇다 하게 사 드릴 수도 없습니다. 월급은 자기가 주무르며 한 푼도 저에게 맡기지 않습니다. 심지어는 휴지 하나 사는 것도 남편에게서 돈을 타야 하는 실정입니다.'

'남편은 성미가 매우 급합니다. 심지어는 저를 때리기도 하고 어떤 변명도 들어주지 않습니다. 그래서 상처가 아물 날이 없습니다. 정말 헤어지고 싶습니다.'

또 아내의 바람기나 심한 낭비벽, 고부간의 사이가 좋지 않아 남편이 상담해오는 예도 있다.

'제 아내는 허영심이 강하고 유행만 따릅니다. 그래서 무분별

하게 구입한 옷, 신발, 화장품 등의 할부금을 갚느라 등골이 휩니다.'

'저의 처는 제 어머니와 사사건건 대립하니 곤혹스럽습니다. 쌀밥은 건강상 좋지 않아 먹지 않는다며, 어머님에게도 빵과 야채 샐러드만 식탁에 내놓곤 합니다.'

'저는 결혼 1년차 맞벌이 부부입니다. 어느 날 아내가 다른 남자와 어깨를 나란히 하고 걷는 모습을 버스 차창으로 보았습니다. 그날 밤늦게 들어왔기에 물었더니 '회사에서 야근한 거예요.'하고 발뺌했습니다. 그래서 그간 몇 번인가 있었던 야근도 저는 믿을 수 없게 되었습니다.'

이런 이야기들이다.

상담 기사를 읽으면 나는 항상 이런 생각이 들었다.

'결혼한 다음에 문제를 해결하려면 이미 늦다. 결혼하기 전에 상대방의 이모저모를 잘 살펴보았더라면 좋았을 것을……'

그러나 요즘은 상황이 많이 달라졌다. 나도 언젠가 누구에겐가 신상상담 요청을 하지 않으리라고 장담할 수는 없을 성 싶다.

그렇다고 해서 남편이 조금이라도 변했다는 말은 아니다. 여전히 변함이 없으며 바람을 피울 생각조차 않는다는 믿음을 갖고 있다. 물론 남편은 일요일마다 교회에 가서 목사님의 설교를 열심히 듣는 독실한 크리스천이다.

그러나 남편은 목석이 아니다. 어디서 어떤 사탄에게 유혹당해 사람이 변할지 누가 알겠는가.

"설마, 당신 남편에게야 그런 일이 있겠어요."
하고 사람들은 말한다.

그러나 이 상담 편지를 쓴 사람들도 결혼 당시는 '설마' 자기 남편의 일로, 혹은 아내의 일로 이런 상담을 하게 되리라고는 꿈에도 생각지 않았을 것이다.

그리고 아내를 버린 남편도, 남편을 배반하는 불륜을 저지른 아내도 '설마' 이런 짓을 자신이 하리라고는 애당초 생각지도 않았으리라.

그렇다면 내 남편도 '설마' 바람을 피우지는 않겠지 하면서도, 한편으로는 어떤 모양으로 변해 갈지 알 수 없어 늘 신경 쓰이는 것이 부부간이다.

이렇게 글을 쓰고 있는 나도 이 세상에서 가장 존경하고 사랑하는 남편이 '설마' 배반하는 일은 없겠지 하고 믿지만, 장래에도 절대 변하지 않는다고 확신할 수는 없다.

오늘도 오사카 부府 야오八尾やお 시市의 한 여성으로부터 '일본에서 제일가는 부부이십니다.'하는 찬사를 들었지만, 언제

'일본에서 제일 사이가 나쁜 부부'로 전락할지 모른다.

인간에게는 '절대'라는 표현은 쓸 수 없다는 말을 들었다. 그러나 '우리 부부만은 절대 헤어질 리 없습니다. 절대 그런 일은 없을 것입니다.' 라고 말하고 싶다.

그러나 여러 상담 기사나 이야기를 들어보면, 인간은 변하기 쉬운 존재로구나 싶어 두렵다. 그것도 그런 사실을 알기 전까지는 매우 진실한 남편이고, 아내였던 사람들이 돌연 누군가와 어딘가에서 배신행위를 하는 것이다. 육체적인 과오는 생각지도 않았던 엉뚱한 데서 이루어진다.

인간이란 늘 변하기 쉽고, 잘못을 저지르기 쉽다는 사실을 알고만 있어도 마음이 한결 가라앉을 테지만, '설마' 나만은 하고 과신하기 때문에 상대를 경계하지 않게 되고, 그렇게 미적대는 동안 이상한 관계로 변해버리고 마는 것이다.

결혼 8년차, 마흔다섯 살이 된 지금에야 나는 이런 생각들을 해보게 되었다.

호호 할아버지와
마귀 할머니의 사이

호호 할아버지라는 말은 있어도 호호 할머니라는 말은 없다. 흔히 마귀 할머니라고는 하지만 마귀 할아버지라는 말은 쉬 듣지 못한다.

그러므로 여자보다 남자가 더 선량하다면서 남편은 득의양양하다.

최근 한 독자로부터 다음과 같은 편지를 받았다.

저는 금년 78세, 남편은 80세가 됩니다. 손자들이 할아버지와 할머니는 사이가 좋다고 말합니다만, 그럴 때마다 저는 창자가 뒤틀리는 느낌이 듭니다. 어째서 사이가 좋다는 것인지 이해할 수 없습니다. 어떤 사이가 좋은 사이인가요?

　남편은 젊을 때부터 술고래고 방탕한 데다 성미가 매우 급한 사람이었습니다. 내가 시집온 지 사흘만에 남편은 외간여자와 놀아나고 집을 비우곤 했습니다. 그때 전 열일곱 살로 철부지나 다름없었고, 시어머님으로부터 남자란 때때로 그런 여자와 놀아나는 것이라기에 남자는 모두가 그런가보다 생각했습니다.

　편지는 계속 이어진다. 요약해서 말하면 다음과 같은 내용의 이야기다.

　이 남자는 아내가 조금이라도 우울해하거나 토라져 있으면 지체 없이 밖에 나가 술을 마신다. 아내의 생김새를 트집 잡는가 하면, 웃지 않으면 볼이 부어있다고 때린다. 때문에 그녀는 필사적으로 웃어야 했다.

　마침내 남편은 작은 여자를 얻었고, 그 여자와 낳은 자식 둘을 본처에게 양육까지 하게 했다.

　결국 아내는 자기 자식 셋과 첩의 자식 둘을 함께 길렀는데, 남편은 아이들이 밤에 울면 아내의 배를 발로 걷어치며 횡포를 부리기도 했다. 아이들이 병이 나면 아내의 머리채를 낚아채어

빙빙 돌리는 만행도 서슴지 않았다.

80세가 된 지금 남편의 언행은 얌전해졌고, '할멈, 할멈'하면서 아내 곁에서 떠나려 하지 않는다. 손자들은 할아버지가 좋으셔서 할머니는 행복하시다고 말하지만, 그녀는 그런 말을 들으면 화가 치밀어 어쩔 줄 모르겠다는 것이다.

"저는 젊었을 때 잘 대해주었으면 했어요. 제 곁에 함께 있어주기를 바랐지요."
라고 편지에 씌어있었다.

그리고 수개월씩이나 첩의 집에서 머물며 돌아오지 않던 젊은 시절 남편의 행위를 지금도 결코 잊지 않았으며, 조금도 용서할 마음이 없다고 했다.

그러한 아내에게 남편은,

"당신은 젊을 때 늘 상냥한 얼굴을 하고 있었는데, 지금은 상당히 흉하군. 어떨 때는 마귀할멈과 같은 눈초리를 하고 있어."
라고 말했다. 그리고

"마귀할멈이라는 말은 있어도 마귀 할아버지라는 말은 들어본 적이 없어. 역시 여자는 업業이 많은가 봐."
하고 남편은 말했다.

"마귀할멈과 같은 흉한 얼굴을 하게 된 것이 누구 때문인지

울부짖고 싶었어요. 정말 저는 마귀할멈인지도 모르겠어요. 하루라도 빨리 남편이 죽었으면 하고 매일 생각하면서 살아왔으니까요."

편지는 그렇게 끝을 맺고 있었다.

뭐라 말할 수 없는 회한의 세월이 만든 심연이 아닌가? 나는 한숨을 쉬며, 이 편지를 미우라에게 보여주었다.

이 한숨이 나오는 내용은 편지만이 아니다. 이 부부와 비슷한 이야기들을 나는 더 많이 알고 있다.

큰 요릿집의 마나님 한 분을 알고 있다.

남편은 방탕한 데다 상당히 인색했다. 여자에게 손을 내 밀기는 해도 여자를 위해 금품을 쓰는 일은 거의 없었다.

물론 부인에게도 매우 금품을 아꼈고, 장롱 열쇠마저 남편이 가지고 있었다. 그래서 외출할 때는 남편의 허락을 받아 장롱을 열지 않으면 나들이옷 한 가지도 걸치고 나갈 수 없었다.

그런 까닭에 그녀는 물욕이 강해졌고, 한편으로는 남편이 죽기만 기다렸다. 남편이 죽으면 방방곡곡의 온천을 나들이하는 것이 유일한 희망이었고, 그녀도 남편과 한마음이 되어 돈을 모았다. 그러나 그녀는 어이없이 뇌일혈로 죽고, 남편은 후처를 얻어서 여전히 건강하게 살고 있으나 인색함은 변하지 않았다.

부인도 드센 할머니라는 말을 들었지만, 과연 그랬을까 하는 의문을 가져본다.

실제로 그 진의는 모르지만, 환갑 지난 부인들이 하루라도 남편이 없는 세상에서 살고 싶다고 하는 말은 여러 차례 들었다. 그만큼 여자들에게 남편은 귀찮은 존재, 무서운 존재, 압박을 가하는 두려운 존재라 하겠다.

그리고 그들의 남편은 이상하게도 사람 좋아 보이는 할아버지가 많았다는 것도 재미있는 점이다.

어쨌든 남편의 오랜 횡포를 묵묵히 참으며 정절을 지키는 동안, 어느새 미움이 가슴에 쌓이고 쌓여 마귀할멈이라고 불리는 인간이 되어버리는 두려운 일이 비일비재하니 서글프다.

미우라와 결혼할 당시, 나는 병상에서 오랜 요양생활을 끝냈을 때라 매우 허약했다.

아침에 스토브에 불을 지피는 일이나 침구를 개어 올리고 내리는 일은 모두 남편이 했다.

그리고 저녁식사 후 지압은 오늘날까지 거의 빠뜨리지 않고 해주는 일과처럼 되었다.

버스가 정시에 운행되면 그의 귀가는 5분도 어기지 않는다.

남편은 술도 마시지 않고 담배도 피우지 않는다. 어디에 가든 꼭 나를 데리고 다닌다. 어떤 일에도 대화 상대가 되어주어 난 누구보다도 행복함을 느낀다.

하지만 나는 '잠깐' 하고 생각을 가다듬어 본다. 옛날의 정주관 백정주관백ていしゅかんぱく27)도 틀림없이 나처럼 말할 수 없이 행복했을 게 아닌가?

술은 마음대로 마시고 2호28)도 인정한다. 그것을 인정하는 아내를 때리거나 걷어차도 잠자코 있다. 이런 일상을 경험하는 남자는 '나처럼 행복한 사람이 또 있겠는가?' 하고 생각했을지 모른다.

나이가 들면서 속죄라도 하는 마음에 아내에게 상냥하게 대하지만 아내는 별로 달가워하지 않는다. 이러한 아내의 속사정을 모르는 체 호호 할아버지인 양 행복하게 죽어간다.

"현대 여성들은 모든 면에서 강해졌다고 하는데, 이제는 호호 할아버지와 마귀 할머니의 시대는 지나가고, 마귀 할아버지와 호호 할머니의 시대가 도래到來하는 거 아닐까?"

그렇게 말하자, 남편은 빙그레 웃으며 내 어깨에 손을 얹었다.

---

27) 횃대 밑의 사내라는 뜻으로 집 안에서만 폭군 같은 남편을 뜻한다.
28) 세컨드. 첩

'입에는
세금이 붙지 않는다.'

3월은 소득세신고납부의 달이다. 금년은 세율이 높아졌다. 중과세를 피하기 위해 금액을 적당히 조작하는 사람이 많은 것 같다.

"이상한데, 이렇게까지 수입이 없었다면 먹고 살 수가 없었을 텐데, 신선처럼 이슬만 먹고 사셨나요?"
하고 세무서 담당직원이 물어보는 것을 언젠가 본 일이 있다. 갑작스런 세금 인상은 납세자에게는 고민거리가 분명하다.

그런데 요즘 우리들 사이에는 '입에는 세금이 붙지 않는다.'는 말이 유행이다. 이 말의 본뜻은 해야 할 말을 하지 않는 사람을 빗대어서 하는 항변일 것이다. 해야 할 말이란 케이스 바이 케이스로 한 마디로 꼬집어 말할 수는 없다.

　나는 일 때문에 자주 여행을 하는 편이다. 처음에는 형제들과 연고가 있는 공무원 숙소에서 숙박했다. 가난하기 때문에 호텔에서 숙박하는 데 저항감을 느꼈던 때문이다.

　공무원 숙소에서 일하는 여자도 공무원이라고 해야 되겠지만, 아침부터 문을 닫는 밤 아홉 시까지 철두철미 '시간엄수'해야 했다. 동행한 동생이 문 닫는 시간에 5분이 늦었을 뿐인데, 숙박을 거부하며 눈을 부라리던 일이 있었다.

　다음 날 아침, 나는 여행으로 피로하기도 해서 7시가 지나도록 잠자리에 누워있었다.

　그런데 소리도 없이 이불이 후딱 들춰졌다. '앗!' 하고 놀랐을 때 내 이불은 이미 걷혀 있었다.

　"주무시는데 죄송합니다만, 시간이 다 되어서…."
하는 양해의 말 한 마디라도 했으면 좋았을 텐데 하는 아쉬움이 컸다. 그리고 그녀의 행위는 너무 어처구니가 없었다. 이 여자 직원은 '해야 할 말'을 하지 않았던 전형적인 여성에 해당한다.

　다른 예로, 한 아가씨가 처음으로 애인의 집에 갔다. 과자와 과일 등 융숭한 대접을 받고 돌아오려는데 애인의 어머니가 보이지 않았다. 그녀는 막차시간이 임박하여 그대로 허둥지둥 돌아오고 말았다. 결국 이 연인은 결혼하지 못했다.

"어머님께 인사드리고 가고 싶습니다만…."

하고 그녀가 한 마디만 했더라면 좋은 결과가 이루어졌을 것이다. 이것은 어머니를 무시하고 인사성이 없는 아가씨라는 뜻으로 받아들여진다.

그렇게 속단하는 쪽에도 문제가 없다고는 할 수 없지만, 요즘 이러한 트러블을 일으키는 젊은 사람들이 뜻밖에 많다는 이야기를 전해 듣는다.

현관에 들어서자 식구들 모르게 2층의 약혼자 방으로 숨듯이 들어가 있어 집안 사람이 2층에 올라와서야 비로소 알고,

"어머, 언제 왔어."

하는 말을 듣는 경우,

"실례합니다. 죄송합니다."

라고 한 마디 말도 하지 못하는 것은 대체 무슨 까닭일까?

한 친구가 이렇게 말했다. 직원이 다섯인데, 가끔 이 사람들의 집에서 전화가 걸려온다는 것이다. 수화기를 들면 다짜고짜,

"○○○ 있습니까?"

하고 말하는 사람이 대다수라는 것이다. 예의상 제대로 말하려면 적어도,

"저는 ○○○의 형 되는 사람입니다만, 제 동생이 늘 폐를 끼치는 것 같습니다. 바쁘신데 죄송합니다만, 잠깐만 ○○○을 불러 주실 수 있겠습니까?"

라고 해야 될 것이다. 거기다,

"별고 없으신지요."

정도는 더해도 좋을 텐데. 아무런 인사도 없이,

"○○○ 있습니까?"

하는 말에 친구는 늘 어처구니없어 한다. 하지만 요즘은 친구가 먼저,

"당신은 ○○○의 형 되십니까? 별고 없으신지요. 언제나 폐만 끼쳐드려서…."

하고 먼저 정중하게 인사를 한다는 것이다.

이상은 '해야 할 말'을 하지 않은 사례지만, 가정 안에서 '해야 할 말'을 하지 않는 예는 그 수를 헤아릴 수 없을 정도로 많을 것이다.

아침에 일어나서,

"안녕히 주무셨습니까? 기분은 어떻습니까?"

정도의 인사를 가족들 사이에 주고받는다면 좋은 말이지만, 이러한 인사를 생략하는 가정이 많은 것은 사실이다.

한 남성이 술을 마시고 하는 말이,

"결혼한 지 3년도 안 되었는데, 우리 마누라는 '다녀오세요.' '어서 오세요'하는 인사도 없어요. '오늘도 늦으셨네요.'라는 말이라도 했으면 좋겠는데, 숫제 모르는 체하고 방 안에서 텔레비전만 보고 있는 겁니다."

어째서 해야 할 말을 하지 않는 것일까? 그 이유 중에 부끄러움도 있지 않을까? 이 부끄러움이란 교만과 솔직하지 못한 마음이 함께 들어있기 때문일 것이다. 그리고 자기중심적이어서 다른 사람의 기분을 이해하지 못한다는 말이 되기도 한다.

23년 전, 오사카에 있는 파슨즈 목사님 댁에서 며칠 묵은 일이 있는데, 그때 나는 매우 깊은 감명을 받았다.

아침저녁의 인사는 물론, '감사합니다.' '실례합니다.' '죄송합니다.'라는 말을 가족들 사이에서 끊임없이 하고 있었다.

아빠의 어깨에 묻은 먼지를 딸이 털어드리자, 그때마다, '오오 땡큐.' 하는 소리를 미소와 함께 딸에게로 보낸다.

이들 부부가 방 입구에서 맞부딪치면. '아, 죄송합니다.' 하는 말이 두 사람의 입에서 동시에 나온다.

또 식탁에서도 '죄송합니다. 소금을 쳐 주세요. 감사합니다.' 하는 말이 부부간, 자매간, 부자지간에도 어김없이 오간다. 이

가정에서는 해야 할 말을 하지 않는 사람은 한 사람도 없었다.

흔히 우리 일본에서는 부부 사이에 '감사합니다.'라고 인사하는 것이 서먹서먹하다고 말한다. 그런 점에서 우리는 서먹서먹한 부부, 서먹서먹한 부자지간이 될 수밖에 없다.

부부지간이든 부자지간이든 말로 표현하지 않으면 알 수 없는 일은 얼마든지 있다.

짤막한 말 한 마디를 상대에게 하느냐 하지 않느냐가 그 사람이나 가정의 행복과 불행의 단초가 되는 경우는 의외로 많다.

말 한 마디하는 데는 5초도 걸리지 않는다. 그러므로 '입에는 세금이 붙지 않는다.' 서로가 해야 할 말을 하는 정직함과 말해야 할 때에 하는 겸손함을 보여주어야 한다고 강조하고 싶다.

가정은
흔들리는 작은 섬

한 청년이 예고도 없이 우리 집을 방문했다. 어떤 일이 계기가 되어 이야기가 그의 고향 동네의 일에까지 이어졌다.

그가 자란 농촌은 지금까지 도둑이 들었던 집은 한 집도 없었다. 그러므로 낮에 들이나 밭에 나갈 때에도 문을 열어놓은 채 나가고, 밤에도 문을 잠그는 일이 없었다고 한다.

"어머, 정말 평화스러운 농촌이군요."

"겉으론 그렇게 보일지 모르겠습니다. 하지만 평화스러운 농촌이라고 할 수 있을는지요…?"

그는 조금 생각하는 표정을 지었다.

"어째서요? 열쇠도 자물쇠도 필요치 않은 생활이라는데, 평화

롭잖아요?"

"그야 그렇습니다만, 그것만으로 평화롭다고 할 수 있을지, 어떨지. 저는 문제가 있다고 생각합니다. 분명 푸른 산으로 둘러싸여 있고, 전답들이 이어져 있으며, 도둑을 맞지 않는다는 것은 평화스러운 이야기이긴 합니다만, 인간이 사는 곳에 진정한 평화란 있을 수 없다고 생각합니다."

인간이 사는 곳에 평화란 없다는 그의 말에 마음이 붙들렸다.

"미우라 씨! 꼭 드리고 싶은 말은 아닙니다만, 저희 농촌 사정을 조금만 말해볼까요."

그는 먼저 P씨네 이야기부터 시작했다. P씨네는 그의 바로 이웃인데, 제일 가깝게 지내는 사이라고 했다.

"바로 이웃이라고는 해도 1킬로미터 정도 떨어져 있지요."

그는 그렇게 말하면서 슬픈 가정이라고 했다. P씨는 금년 55세로 눈썹이 짙고 남자다운 풍채를 가진 인물로, 30년 전에 한 미망인과 결혼했다. 당시 P씨가 25세, 미망인은 세 살이 위인 28세였다. 미망인에게는 열 살 된 딸아이가 있었다.

이 부인은 P씨가 초혼이고, 자기에게는 데려온 자식이 있다는 사실에 부담을 느끼며 농촌생활에 몸을 아끼지 않고 열심히 일했다. 한편 P씨의 부모님께도 잘했다. 마침내 시부모님이 돌아가시고 10년의 세월이 지났다.

데려온 아이는 스무 살의 아리따운 처녀로 성장하였다. 그 무렵까지 원만했던 P씨의 가정에 풍파가 일기 시작했다. 어느새 P씨와 부인이 데려온 딸이 그렇고 그런 사이가 되어버린 것이다.

그리하여 P씨는 아내에게서 둘, 의붓딸에게서 아이 하나를 낳아 오늘까지 이르렀다. 이제 본처는 빌려온 고양이처럼 밀려났고, 데려온 의붓딸과 P씨가 부부인 척한다는 것이다. 세 자녀들조차 사이가 너무 좋지 않다고 했다.

"기가 막힌 이야기군요."

아무 생각 없이 나는 한숨을 쉬었다.

그러자 그가 또 다른 가정의 이야기를 들려주었다.

"우리 시골은 몇 개의 부락으로 나누어져 있는데요, 저희 부락은 십여 가구 됩니다만, B씨의 집이 많이 변하고 있습니다."

그는 말을 계속했다.

B씨의 집은 부모와 딸이 넷인 원만한 가정이다.

그런데 서른여덟 살이 된 맏딸을 필두로 네 딸 모두 결혼을 하지 않았다.

"어째서요? 몸이 약해서인가요?"

"아닙니다. 감기 한 번 걸리지 않을 정도로 건강하고, 일도 열심이지요. 게다가 얼굴도 예쁜 미인들이고요. 모두들 시원스런 눈매에 들일이나 한다고는 생각할 수 없을 정도로 품격이 있습니다."

"혼담은?"

"여러 군데서 청혼이 있었습니다만, 웬일인지 일방적으로 거절하니, 이제는 그 누구도 말하지 않는 모양이에요. 어쩐지 기분이 내키지 않는 거죠."

결혼하느냐, 하지 않느냐는 각자의 자유니, 다른 사람들이 함부로 어떻다고 말할 수 없지만, 아리따운 네 처녀가 혼담이 들어올 때마다 거절한다는 것은 분명 납득이 가지 않는 이야기다.

"그럴만한 사정이 있겠죠."

"충분히 있을 거라고 생각합니다. 그래서 동네 사람들은 억측만 할 뿐입니다만."

그는 계속해서 자기의 가정 사정을 포함해서 부락의 한 집한 집을 소개해주었다. 대부분의 가정에 그들 나름대로의 문제가 있었다. 돈은 있는데 사이가 좋지 않다든가, 건강이 좋지 않다든가, 남편보다 먼저 아내가 죽었다는 등등에 이르기까지 당사자들에게는 준대한 삶의 문제를 안고 있었다.

"대강 이런 형편입니다. 평화스러운 시골이라고 단언할 수는 없지 않겠습니까?"

나는 이야기를 들으면서, 이것은 그의 시골에서만 일어나는 이야기는 아니라고 여겼다.

그의 고향은 농촌으로 수 십 년 동안 한 곳에서 살아온 사람들이 많다. 그리고 가구 수도 적기 때문에 다른 집 사정도 서로 잘 아는 특성이 있다. 그로 인하여 자기 마을에만 특별히 문제가 많은 것처럼 느끼는 게 아닌가 생각해본다.

더구나 이 청년의 경우, 인간이 사는 곳에 평화가 있을까 하는 의문을 표출하면서 농촌의 생활상을 말하고 있다.

도시에 살면 '옆집은 무엇을 하는 사람일까'하는 정도가 관심사이고, 두세 집 건너 사는 사람이면 어떤 직장에 근무하며 가족은 어떤가 분명하게 알지 못하는 경우가 많다. 더구나 생활 형편은 어떠하며, 어떤 문제를 가지고 있는가 등은 더더욱 모른다.

모든 가정이 문제를 안고 있는 것은 아닐지라도, 꽤 많은 가정들이 나름의 고민을 안고 생활한다는 것만은 분명하다.

그가 돌아간 날 밤, 나는 곰곰이 생각해보았다. 내 주변을 돌아보아도 고부간의 갈등, 남편의 바람, 자녀들의 비행, 친척 간의 불화, 경제생활의 파탄, 남편의 사고사 등 문제를 안고 있는 가정은 너무나 많다.

그렇다면 어째서 가정 문제가 끊이지 않는 것일까? 누구든 행복을 추구하여 결혼했을 것이다. 그럼에도 불구하고 자신들도 모르게 문제를 안은 가정으로 변하고 있다.

이것은 인간 존재 자체가 문제 덩어리이기 때문 아닐까? 결혼이란 그러한 문제를 품은 자들끼리 함께 한 장소에서 살아가는 것이라고 할 수 있을지도 모르겠다. 그렇다면 문제가 생기지 않는 편이 오히려 더 이상하지 않을까 생각해본다.

우리의 삶이란 문제가 있는 가정에서 자라 문제가 있는 집으로 시집을 간다. 또는 문제가 있는 가정에 장가를 든다. 이것이 이른바 결혼이라는 것이며, 또한 인생이라는 삶의 여정이리라.

하지만 문제는 이들 각양각색의 문제에 어떻게 대처하느냐에 인생의 열쇠가 있다. 문제를 피할 수 없는 이상, 우리는 이러한 문제들을 무서워하거나 회피할 수는 없다. 예고 없이 찾아오는 문제에 정면으로 맞설 각오를 하는 것이 삶의 선결과제이다.

그러한 자세를 가질 때, 내 자신에게서 문제를 해결할 수 있는 용기와 힘을 얻는 것이다.

그 실례를 인용할 여유는 없지만, 어쨌든 결혼생활은 예고 없이 찾아오는 문제를 해결할 자기만의 능력을 발휘해야 하는 장이다.

우리 부부의
하루

남편은 나보다 더 일찍 아침에 눈을 뜬다. 이불은 둘이 번갈아 갠다. 내가,

"아이 좋아라. 여보, 이불까지 개켜주다니, 황송해라."

라고 말하면, 그는 대답한다.

"좋아서 그래? 그럼 뭐든지 둘이 같이해요."

오늘은 남편이 아래층에서 세수를 하는 동안 나는 서둘러 이불을 갠다. 그가 들어오기 전에 요 넉 장, 이불 넉 장을 급하게 개켜 얹으려면 조금은 운동이 된다.

그러다보면 미우라가 벌써 알아차리고 계단을 뛰어 올라온다.

"아라라…. 뭐야. 아야코 혼자 이불을 개켜 얹는 거야. 딱하게

시리.”

그는 이렇게 말하며 나를 꼭 껴안고는 목에다 몇 번이나 키스해 준다. 세상에 이불 개켜 얹었다고 키스를 받는 아내는 나뿐이 아닌가, 그럴 때마다 매번 감동한다.

결혼할 무렵엔 내 몸이 약했기 때문에 남편에게 이불을 개켜달라고 부탁했었다. 그러나 결혼할 무렵 몸무게 47킬로그램이었던 나는 지금 57킬로그램이다. 57킬로그램이나 되는 아내를 49킬로그램밖에 안 되는 가냘픈(?) 남편이 이렇게 위로해준다. 그러니 얼마나 고마운 남편인가?

일을 시작하기 전에 먼저 우리는 성경을 읽는다. 작년 가을 내가 혈소판 감소증이라는 병에 걸리면서, 남편은 내가 구술하는 것을 필기하게 되었다. 그리고 작년 12월 남편은 공무원직까지 사퇴하고 내 일을 거들어준다.

덕분에 아침부터 저녁까지 우리는 함께 있게 되었다.

성경은 남편이 낭독한다. 구약 한 장, 신약 한 장을 읽는데, 그의 낭독이 교묘해서 벌써 다 읽었는가 싶고, 미련이 남도록 재미가 있다.

‘두 사람은 한 사람보다 낫다.’

오늘 읽은 성경 구절이다.

"두 사람은 한 사람보다 나을까? 정말 그렇군. 아야코."

"정말이군요."

만일 절해고도絶海孤島에 있다면, 자기 혼자 있는 것과 한 사람이 더 있는 것과는 아무래도 다르지 않을까 싶다. 이 세상도 말하자면 절해고도처럼 쓸쓸한 곳 아닐까? 그렇게 생각하면서 나는 고개를 끄덕인다.

성경을 다 읽은 다음 그 내용에 대한 이야기를 주고받는다. 이 한때가 우리 부부의 하루 중 가장 중요한 시간이다.

이어서 남편이 기도한다.

"전능하신 하나님! 티끌 같은 우리를 도와주시고 수많은 죄를 용서해주시며, 생명을 보존해주심에 진심으로 감사드립니다. 어떻든 오늘도 두 사람이 한마음이 되어 주님의 쓰임에 합당하게 쓰이도록 해주옵소서. 모든 일을 당신께서 배려해주시고 대비해주십니다. 부질없는 염려를 버리고 당신만 의지할 수 있게 해주옵소서. 오늘도 부모님에게 효도하는 마음을 갖게 해주옵소서. 예수 그리스도의 이름으로 기도드리옵나이다. 아멘."

이것이 오늘의 기도였다. 우리는 건강요법의 하나로 아침식사를 하지 않는데, 이 기도가 음식보다 더 좋은 생명의 양식이 되는 셈이다.

다음에는 전투개시, 구술필기를 시작한다. 나는 피곤해지면 옆으로 드러눕는다. 때로는 앉기도 하고 방 안을 곰처럼 왔다 갔다 하면서 구술한다. 그러나 남편은 필기를 해야 하므로 책상 앞에 정좌한 그대로이다. 남편이 훨씬 더 피곤할 것이다.

한 단원이 끝나면 '첫 번째 독자'인 남편으로부터 매우 신랄한 평을 듣는다.

"아야코, 도대체 이 원고 내용은 몇 월, 며칠, 몇 시 경의 이야기요. 집안일이요, 바깥일이요. 이거야말로 배경이 없는 무대의 연극을 보는 느낌인 걸."

등등의 지적을 받는다.

그는 결코 큰소리로 꾸짖지 않는다. 하지만 아내인 내게는 그 부드러운 말씨에도 심한 질책으로 들린다.

때로는 여기서 작은 다툼이나 충돌이 벌어지는 경우가 있다. 그런데 대체로 그가 하는 말이 옳기 때문에 내가 진다.

우리 부부는 정오 정각에 점심식사를 한다. 성미가 깔끔한 그는 점심식사 시간이 늦어지는 것을 싫어한다. 남편이 식전기도를 올린다.

그는 음식 맛에도 유난히 야단스럽다. 그러니 맛있는 음식을 만들게 하는 데도 그의 솜씨는 능란하다. 조금이라도 마음에 드는 음식을 먹게 되면, 그는 반드시 칭찬을 한다.

"으응, 이거 걸작인데!"

"이만한 맛은 아사히카와 어딜 가도 찾아볼 수 없을 걸."

참으로 음식을 해준 보람을 느끼게 만드는 사람이다. 요리를 맡은 조카딸도 그만큼 혼신의 힘을 다해 다음의 저녁식사를 조리하게 된다.

내가 세 번째 밥공기를 슬쩍 내밀면 남편이 '잠깐'하고 브레이크를 건다.

"아야코, 배가 80퍼센트 정도만 차도록 먹어요."

그러면 나는 반은 울상을 짓는다. 그런 내 얼굴을 보며 그가 웃는다.

"야채나 과일로 배를 채우라고요."

하고 그는 나를 위로해준다. 할 수 없다는 듯 나는 '예에!'하고 고개를 숙인다.

그러나 마음속으로는 진짜 고마운 남편이라고 생각할 수밖에 없다. 나는 걸신들린 사람처럼 먹기 때문에 마음껏 먹게 내버려두면 배가 터지도록 먹는다.

그는 그런 나를 잘 알고 과식하지 않도록 매일처럼 반복하여 브레이크를 거는 것이다.

열두 시 정각에 점심식사를 하고 오후 한 시가 되면 다시 일을 시작한다.

"자자자, 일이다 일."

남편은 나를 빗자루로 쓸어버리기라도 할 듯한 기세로 2층으로 뛰어 올라간다. 그 모습이 마치 갑자기 불어오는 돌풍처럼 서둘러대는 말투이기 때문에 나도 일하던 현장으로 서둘러 돌아가지 않을 수 없다.

그는 공무원이었기 때문에 한 시간 이상 점심 휴식을 취하는 것은 동료들에게도 면목이 없다고 생각하는 것 같다.

나는 한 시간에 걸쳐 천천히 식사를 하지만, 그는 식후 20분도 쉬지 않는다. 그 시간을 아껴 편지의 답장을 쓴다. 그렇게라도 하지 않으면 답장 쓸 시간이 없기 때문이다.

그러나 이런 점은 내 입장에서 보면 조금 불만스럽다. 가능하면 식후 30분 정도는 한가로이 쉬고 싶다. 그는 49킬로밖에 안 되는 가냘픈 몸매의 소유자이다.

남편은 구약성서에 나오는,

'게으른 자여, 네가 어느 때까지 눕겠느냐

네가 어느 때에 짐이 깨이 일어나겠느냐

좀 더 자자, 좀 더 졸자, 손을 모으고 좀 더 눕자 하면'

(잠언 6 : 9~10)

라는 말씀을, 우리처럼 게으른 자들을 위해 기록한 것으로 여기는 것 같다.

어쨌든 사회인으로서 여덟 시간 일하는 것을 의무라고 믿어 의심치 않는다. 그러한 이유로 '1시부터 6시까지 구술필기다.'라고 말하면 듣기는 좋지만, 나는 남편이 생각하듯 게으른 자이기 때문에 오후 3시 무렵이면 꾸벅꾸벅 졸기 시작한다.

"아이구 가슴이야, 아이구 가슴이야."

절반쯤은 잠꼬대가 된 말인데, 그렇게 잠이 들고 만다. 남편은 하는 수 없이 필기하던 일을 그만두고 담요를 덮어준다.

남편에 대해서도 사실대로 말하자면, 내가 조는 것은 그에게도 감사한 일이다. 왜냐하면 그 사이에 남편은 영어공부를 할 수 있기 때문이다. 남편은 라디오를 들으면서 영어회화를 배운다. 나처럼 게으르면 당해낼 수 없는 인내력을 가진 사람이기도 하다.

4시가 넘으면 잠을 깨우는데, 때로는 5시까지도 자게 내버려둔다. 그 동안 그는 원고를 정서하거나 산더미처럼 쌓여있는 편지의 답장을 쓰기도 한다.

졸음이 오지 않는 날은 이따금 둘이서 산책을 나선다. 산책을 나왔을 때만은 남편이 돌아가기를 싫어한다. 수첩을 한쪽 손에 들고 그는 열심히 뭔가를 메모한다.

남편은 「아라라기」 회원이기 때문에 단가短歌 공부를 하는 것이다. 이쯤에서 나는 만연한 경치를 바라보며,

"오늘은 산이 아름답군요."

하고 말할 뿐이지만, 남편은 노래 한 수라도 지어보자고 권한다.

산책을 나오지 않고 집 안에서 놀 때도 있다. 어릴 때, 흔히 다다미 가장자리만 밟으며 술래잡기를 했는데, 지금도 우리는 이런 놀이를 한다. 둘이서 방 안을 빙빙 돌면서 논다. 먼저 숨이 차서 헐떡거리는 것은 남편이다.

"조금만 더 놀아요."

하고 나는 조르지만, 남편은 다다미 위에 털썩 주저앉은 채 가쁘게 숨을 헐떡거린다.

"이게 진정한 부부예요."

하고 나는 시시한 익살을 던진다.

이 놀이 외에 결혼한 이후 가끔 하는 놀이가 검도이다. 검도라고 하면 칼을 들고 용맹하게 찔러대는 장면이 떠오를 테지만, 실은 신문지를 둥글게 말아서 무사시武蔵むさし29)나 코지로小

---

29) 놀이의 한 가지. 육밭고누(고누의 한 가지로 한 개의 대장 돌과 16개의 작

次郎こじろう30)처럼 뽐내며 방 안을 돌아다닌다.

남편은 검도에 조예가 있기 때문에 달인처럼 싱글벙글 웃으면서 나를 겨눈다. 나는 아무렇게나 그의 손목을 찌른다. '손목!' 하고 들어갔는가 싶을 때는 이미 한 발 먼저 '얼굴!' 하고 들어와 있다.

그래보았자 신문지이므로 맞아도 아프지는 않다. 그러나 그 스릴과 긴장감은 참 즐겁다. 이것만으로도 좋은 운동이 된다.

그리고 다시 원고를 쓴다. 원고에 몰두하다보면, '아차!' 하는 순간 저녁식사 때가 된다. 저녁식사 후에는 그렇게 부지런한 남편도 맥이 풀린 얼굴이다. 맥이 풀렸더라도 내 몸을 지압해준다. 역시 어떤 일에나 부지런한 사람이다.

이 지압은 결혼 초부터 해왔기 때문에 이제 8년째가 되는 셈이다. 서투른 안마는 물론, 능숙한 안마도 그에게는 미치지 못한다.

낮에 한창 일할 시간에 전화나 손님이 오면 저녁식사 후에도 원고를 써야 한다. 그래서 11시 가까이까지 계속해서 원고를

은 돌을 판 위에 늘어놓고 한 금씩 움직이면서 하는 놀이).

30) 코가네이 코지로小金井小次郎こがねいこじろう를 이르는 말로, 일본 에도시대말기, 메이지시대 초기의 협객. 무사시 코가네이武蔵小金井 나누시名主의 아들. 본래 성은 세키関. 야담, 나니와부시(샤미센을 반주로 주로 의리나 인정을 노래한 대중적인 창), 시바이(카부키, 신파극 등 일본 고유의 연극)에 각색되어 많이 등장한다.

쓸 때가 있다.

원고가 예정대로 진행되면, 손님접대, 신문 스크랩, 전화응대, 독서, 자료정리 등의 일이 산적한다.

잠자리에 드는 것은 대략 11시경이다.

할 일이 아무리 많아도 피로할 때는 그에게 노래를 불러달라고 부탁한다. 우린 둘 다 타이쇼大正たいしょう[31] 시대에 태어났기 때문에 요즘의 노래는 모른다.

우리 부부가 늘 즐겨 부르는 노래는 '보리와 군대' '파도치는 항구' '국경의 거리' 등 감회어린 멜로디나 찬송가 등이다.

그가 '꾸지람을 듣고'를 부르면, 나는 눈물을 글썽이며 듣는다. 흥겨운 노래를 부르면, 나는 그를 가운데 두고 춤을 추며 빙글빙글 돌아간다.

그의 말에 따르면, 나는 천재적인 악녀가 춤을 추는 모양새이다. 이 노래와 춤도 결혼 이후 시작한 일이다. 텔레비전이 없기 때문에 서로의 실제를 연기로 대신하는 것이다.

잠자리에 들면 남편은 나보다는 조금 빨리 잠드는 편이다. 잠자리에서는 이야기할 틈이 없다.

"오늘은 참 수고가 많았습니다. 여러 가지로 감사합니다."

31) 타이쇼 천황의 연호. 1912~1926

하고 서로 위로하고 악수를 나눈다. 그리고 남편이 먼저 기도한다. 일에 대해서, 친척, 친구, 목사님, 교회, 나라의 일, 세계 평화 등 남편의 기도는 상당히 길기 때문에 나는 짧게 기도한다.

그리고 주기도를 올리는데, 대개 그 무렵 남편은 이미 잠이 들어버린다.

한밤중에 남편이 식은땀을 흘리며 일어나기도 하고, 머리를 벅벅 긁어대면 나는 재갈 소리에 눈을 뜬 무사처럼 벌떡 일어난다.

그리고 잠옷을 바꿔주기도 하고 머리에 헤어 토닉을 뿌려주기도 한다. 이렇게 하여 밤은 점점 깊어간다. 이런 생활이 결혼한 지 만 8년이 된 우리 부부의 일상이다.

누구에게나
마지막 날은 있다

한 노부부가 미닫이를 사이에 두고 서로 욕지거리를 하며 싸우고 있었다. 그런데 갑자기 아내의 목소리가 뚝 그쳤다.

남편은 이 입씨름에서 이겼다고 생각하고 의기양양하여 오히려 아내를 매도했다.

그런데 미닫이 너머에선 아무 소리도 들려오지 않았다.

밖에라도 나갔는가 싶어 미닫이를 열어보니 아내는 거기에 쓰러져 죽어있었다. 얼마 전부터 심장이 약해진 아내였다. 남편은 다가가서 아내를 끌어안고,

"바보, 방금까지 열심히 싸우다가 죽는 사람이 어디 있어. 바보, 이 늙은 바보야."

하고 울부짖었다.

이 이야기를 이 노부부의 집에 하숙하던 사람으로부터 전해 듣고 나는 곰곰이 생각해보게 되었다.

50년 가까운 결혼생활의 최후가 한창 부부싸움을 하던 중의 죽음이라면, 정말 무서운 일이라고 요양 당시 나는 밤을 지새우며 생각한 일이 있었다.

내가 요양생활을 하던 그때 옛 동료가 죽었다. 분명히 말하면, 그와 내가 마지막으로 만난 것은 영화관 앞에서였다. 그가 학생들을 인솔하고 단체 영화 관람을 하러 온 것이다.

"그렇게 나다닐 수 있게 건강해요?"

"글쎄, 아무튼 명이 긴가 봐요."

요양 중이던 나는 이런 말을 나누고 헤어졌다. 그녀는 그로부터 며칠이 지나지 않아 한밤중에 '으응'하는 외마디 신음소리를 남기고 이 세상을 떠났다.

나를 그리스도에게로 인도해주었던 남자 친구는 눈이 내리던 어느 날, 침대에 누워만 있는 나를 문병하러 왔었다.

그리고 '안녕!'하고 작별인사를 했다. 작별인사를 하고는 또 이야기를 잇고, 또 가겠다고 인사를 하고는 또 다른 이야기를 이었다.

"어째서 오늘은 작별인사만 하는 거예요?"

하고 웃었다. 그러자 남자 친구는 주뼛주뼛 손을 내밀면서,

"사실은 악수를 하고 싶었어요."

하고 내 손을 꼭 쥐며 이제는 안심했다는 듯 돌아갔다.

"이번 크리스마스 날엔 꼭 찾아올 테니 그 동안 몸조심하세요."

그러나 그는 크리스마스가 되어도 문병하러 오지 않았다. 갑자기 그의 용태가 악화되었던 것이다.

결국 몇 번이나 작별인사를 거듭하고 악수를 한 것이 그와의 마지막 추억이 되고 말았다.

사람은 여러 가지 경우로 헤어지게 된다. 설마 했던 몇몇도 나보다 먼저 죽었다. 그럴 때마다 나는 그 사람과 나누었던 마지막 이야기나 헤어지던 때의 일을 반드시 생각해 낸다.

헤어지는 방법이 반드시 그 사람과의 교제의 깊이나 거리에 비례하는 것은 아니다.

버스정류장에서 타려던 버스에서 아는 사람이 내리기에,

"어머나, 건강하니?"

"으응, 건강해."

하고 헤어졌는데, 그것이 마지막이 된 친한 친구도 있다.

한 친구는 마음은 착한데, 한번 기분이 상하면 쉽게 마음을 풀지 않는 버릇이 있다. 그날 아침, 그녀는 남편과 대수롭지 않은 일로 말다툼을 했는데, 출근하는 남편을 현관까지 나가 전송하지 않았다고 한다. 남편은 업무 중에 뇌일혈로 쓰러졌고, 손 쓸 틈도 없이 죽고 말았다.

평소 별로 사이가 나쁜 부부도 아니었다. 서로 사랑하고 사랑받는 부부였고 아이들도 둘 있었다. 그 친구는 남편을 현관까지 기분 좋게 전송하지 못한 것을 두고두고 후회했다.

그리고 내향적인 그녀는 몇 개월 동안 노이로제에 걸려 고민하던 끝에 두 자녀와 함께 남편의 뒤를 따를 결심이었지만, 미수에 그치고 말았다.

이것은 그저 남의 일이 아니다. 어디서 본 글인데,

'잠깐 동안의 헤어짐도 친절하게 헤어지십시오. 그것은 당신이 우정을 베푼 최후의 날이 될지도 모르니까요.'

라고 씌어있었다.

'사람은 너무 일찍 죽는다.'

어떤 책에 씌어있던 것으로 기억한다.

사실 오늘날처럼 교통이 발달하여 극히 혼잡한 현대에는 아침에 출근한 남편이 무사히 집으로 돌아오는 것이 기적 같은 일이라 할 수 있다. 자동차가 정면 충돌하거나, 추돌하거나, 지하철이 탈선하는 등 참으로 다양한 사고가 잇따른다.

남편이 아침에 출근할 때 이것으로 영영 이별하게 되는 것 아닌가 할 정도로 무서운 세상이다. 이렇게 생각하면 설령 아무리 화가 났더라도 결코 화난 모습을 풀지 않은 채로 남편을 출근시켜서는 안 되겠다는 생각이 든다.

남편도 무언가 걱정을 안고 있으면 빨간불이 켜졌는데도 어정어정 건너갈 정도다. 세상에는 남편과 같은 사람도 많을 것이다.

아내의 눈치를 살피느라 길을 걸어가다가 차에 치였다는 남편도 세상에는 많은 것 같다. 이것은 간접살인이라고 해도 무리가 없지 않을까?

지나친 말인지 모르나, 매일 아침 남편을 배웅하는 일 한 가지에도 그 아내 되는 사람의 인생에 대한 사고방식이 은연중에 나타난다고 할 수 있을 것이다.

사람은 언제 죽을지 모른다. 이 당연한 사실을 진실하게 받아들인다면, 결코 경솔하게 남편을 밖으로 내보낼 수는 없지 않을까?

이러한 마음가짐이 있으면,

"안녕히 다녀오세요. 조심하시고요."

하고 상냥하게 웃는 낯으로 손을 흔들며 마음속으로 무사히 하루를 보내기를 기도할 수 있지 않을까? 또 그렇게 하는 아내는 그 밖의 일상생활도 결코 소홀히 보내지는 않을 것이다.

나처럼 50미터도 안 되는 목욕탕에 가는 남편에게 언제까지고 손을 흔들며 배웅하는 것은 좀 도가 지나친 신경쇠약처럼 보일 터이지만, 현대생활을 하면서 이러한 바보 같은 짓도 어쩌면 필요하지 않을까 생각해본다.

어쨌든 아무리 사이가 좋은 부부일지라도 어떤 모양으로든 마지막 이별을 하지 않으면 안 되는 사실은 인간이라면 피할 수 없는 현실이다.

에필로그 _
우리 집이
교회가 된 축복 속에서

 남편은 이 책의 머리말을 읽더니 눈살을 찌푸렸다.

"나에 대한 칭찬이 좀 지나쳐요. 수필에서도 지나치게 칭찬을
하고, 이런 글은 안 돼요."
라고 말한다.

인간은 언제 어떻게 변할지 알 수 없기 때문에 지나치게 칭찬
하면 안 된다는 것이 그의 지론이다.

"그럼, 후기에서 나쁜 점을 좀 이야기해 볼까요?"
하고 양해를 얻은 후 다시 펜을 들었다.

이 무렵 내가 가진 사고의 경향은 남편의 일에 한하지 않고
칭찬할 일이 있으면 누구든 칭찬하는 편이었다. 하지만 그것이

영원토록 변하지 않는 그 사람의 모습이라고는 결코 생각하지 않았다.

본문 중에 쓴 것처럼 내 남편을 예로 들어, 지금까지는 바람 같은 건 피운 적이 없지만, 언제 갑자기 바람을 피울지 알 수 없다고 생각한다. 덮어놓고 칭찬하는 것 같지만, 사실은 덮어놓고 칭찬하는 게 아니다.

나는 결혼한 후 친정어머니나 형제들에게 남편의 험담을 늘어놓은 일이 한 번도 없다. 물론 다른 사람들에게도 하지 않았다. 부부 사이는 부모나 동기간들보다 훨씬 적나라한 모습을 숨김없이 드러내놓고 함께 한다. 인간인 이상 결점도 있고, 거슬리는 버릇도 있다. 그러나 그것은 아내의 앞이고 남편의 앞이기 때문에 보일 수 있는 결점이고 버릇이 아닐까?

그것을 마치 녹화방송처럼 '우리 집은 이래요, 저래요.' 하고 사람들 앞에 드러내놓는다면, 도저히 안심하고 살 수 없을 것이다. 부부가 서로의 험담을 늘어놓는 것은 크나큰 배반행위라고 나는 확고하게 믿는다.

그래서 부부는 서로를 하나님께 받은 상대라고 믿고 감사하는 것이 크리스천으로서 당연한 생활태도라고 본다. 하나님께 받은 남편이라고 믿으니, 나는 고마운 생각이 배가 되고 자연히 칭찬하고 싶어진다. 그것은 곧 하나님께 대한 감사라고 여기고 칭송하기 때문이다.

인간은 자기의 일은 높은 선반에 얹어두고, 다른 사람의 결점은 재빠르게 보는 속성이 있다. 속담에 훈수가 여덟 수를 더 본다고 한다. 곁에서 보는 사람이 당사자보다 여덟 수나 더 본다는 말이다. 여덟 수나 높은 고단수의 눈이라면 그렇게 보는 것도 당연하다. 그러나 자신이 볼 때는 한 수지만 상대에게는 훈수 여덟 수가 된다. 서로 높은 눈으로 주의해 보는 것은 좋지만 알맞게 하지 않으면 위험하다.

그렇긴 하나, 남편은 자신의 결점에 대해서 말해주기를 바라는데 약간 조급한 면이 있다고 이야기하고 싶다. 인간의 장점과 단점은 종이의 앞뒤와 같다고 한다. 말하자면 일체라는 뜻이다. 정의감이 강한 사람은 부정이나 추악함에 민감하게 반응한다. 그것이 어떤 때는 조급하게 보이기도 하리라고 생각한다.

그러한 점에서 보면 나는 그보다는 성미가 느긋한 편이다. 안달복달하는 경우가 적다. 이것은 부정이나 추악함에 둔감하다는 표현을 뒤집어서 하는 말인지도 모른다.

남편은 만사에 실수가 없는 사람이다. 아래층에서 당장 무언가를 이층으로 가지고 올라가야 할 경우, 그 물건을 먼저 계단에 올려둔다. 이층으로 올라갈 때, 필연적으로 눈에 띄기 때문에 잊어버리는 일이 없다.

이렇게 매사를 잘 처리하는 사람이긴 하지만,

"아아, 그 책이 없구나."

하고 소란을 피울 때가 있다. 그리고

"아야코, 어디에 두었지?"

하고 말한다. 나는 잊어버리는 데는 귀신이고, 그는 기억하는 데 신이기 때문에, 이런 말을 들어도 하는 수 없다. 목숨 걸고 찾아보아도 찾을 수 없는가 싶으면, 결국 그가 가지고 있었던 사실이 판명되는 경우도 있다.

"당신도 가끔 잊어버릴 때가 있다고 생각하니 기분 좋아요."

나는 이렇게 말한다. 정말 그렇게 생각한다. 그마저도 더러는 실패하거나 잊어버릴 수 있다고 생각하니 전광석화처럼 스치는 무언가가 있다.

나는 일상생활에서 그만큼 잘못이 많다는 것이다.

그 주변 사정이야 이 책을 읽은 분이라면 이미 잘 아시리라 생각한다. 엉망진창으로 '휘갈겨 쓴 글씨'만큼 악처라는 뜻이다. 그 점은 5년 전 이 책을 썼을 때와 별반 달라진 게 없다.

그러나 조금 변한 것이 있다. 5년 전에는 날 음식을 거의 입에 대지 않았지만, 지금은 생선회도, 초밥도 먹을 수 있게 되었다. 그리고 신문지를 말아서 검도(?)를 하던 취미는 라디오 체조로 바뀌었다.

당시는 결혼 8년차였지만, 지금은 13년차다. 몸무게 59킬로그램은 51킬로그램으로 줄었다. 그러므로 숫자상으로는 어느 정도 달라진 부분이 있다.

또 한 가지 집이 달라졌다. 잡화상을 하던 집은 지금 영국인 목사님이 들어와 교회가 되었다.

그 집에서 소설 ≪빙점≫을 썼고, ≪길은 있었네≫를 썼으며 『빛이 있는 동안에』 등 열세 권의 책을 썼다. 그러던 집이 교회가 된 것이다. 밤에 반짝거리는 십자가를 올려다보고 우리 부부는 감개무량해 한다. 처음으로 지은 그 집이 교회가 되리라고는 꿈에도 생각하지 못했다.

우리는 같은 동네에 새 집을 지었다. 이 집에는 집회용 방을 만들었다. 매월 둘째 금요일에 여기서 집회를 여는데, 목사님께서 말씀해주시는 것은 다를 바가 없다. 그러나 방이 넓기 때문에 숨이 막히거나 답답하지는 않다. 제1회에는 41명, 이 달에는 31명이 모였다. 20여 명 정도는 항상 모인다.

우리가 결혼할 때, 미우라를 소개해주셨던 스가아라 유타카菅

原豊すがわらゆたか 씨가 조언해주신 덕분이다.

"가정도 교회가 되지 않으면 안 됩니다."
라고 말씀해주신 것이다.

결국 가정은 부부가 함께 기도하고, 하나님을 찬송하며, 성서를 읽고, 전도하는 곳이어야 한다는 뜻일 게다. 이렇게 주신 주님의 말씀에 따라, 잘못을 저지르면서도 인생을 걸어온 것이다.

이번에 개정판으로 출간하는 내가 쓴 ≪부부 이야기≫를 다시 읽어보았다. 그리고 곰곰이 생각했다. 우리 집의 주인은 남편도 아니고 물론 나도 아니다.

그것은 그리스도의 아버지 되시는 하나님이라는 사실, 그래서 하나님께서는 아무리 잘못을 저지르면서 살아도 이를 용서하시고, 이끌어주시고 사랑과 믿음 가운데서 지낼 수 있게 해주시는 분이라는 사실까지도 말씀드리고 싶다.

1972년 이른 봄에
미우라 아야코 씀